新 潮 文 庫

父・藤沢周平との暮し

遠 藤 展 子 著

新 潮 社 版

8776

目次

はじめに　――いま思うこと　11

男手ひとつ　父の奮闘

二冊のアルバム　15
保育園の連絡帳　23
赤い三輪車　29
幼稚園生活の始まりと祖母　34
手作りの手提げ袋　39
運動会のお弁当　42
上野動物園と父　44
凧揚げ、羽子突き　48

父と母のいる家庭の幸せ

七五三と新しい母　53

下町育ちの母　56
大雨の日に　59
私の入院　63
散歩の途中で　69
父は虫取り名人　73
母と娘の自転車特訓　78

私の転機　父の一言

人並みの人間に　87
私の進路　91
花嫁の父　98
初孫の誕生　103
孫への童話　110

作家・藤沢周平

直木賞受賞の前後 115
父のスケジュール 120
一度だけの口述筆記 136
小説と方言 139
わが家の木刀 144
テレビ出演 146
サイン本あれこれ 151

家族の情景

東京の空っ風 157
三度の引越し 160
チャンネル権 166

図書館通い　170
海外ミステリー　174
賭けごとと父　177
運転の腕前　181
わが家の食卓　184
父の誕生日　189
最後の思い出——父の入院と死　197
大泉学園の今昔　206
父が教えてくれたこと　209
父と娘の橋ものがたり　215
あとがき　224
解説　児玉清　226

父・藤沢周平との暮し

はじめに――いま思うこと

父が生きていたら、今年（平成十九年）は八十歳になります。

本当に月日が経《た》つのは早いものです。父が亡《な》くなったとき三歳と二カ月だった私の息子は、中学生になり、祖父の作品も読みはじめました。クラブ活動では剣道の稽古《けいこ》に夢中になっています。母は体調を気遣いつつも明るく過ごしています。そして私はいつのまにか、父に関係する仕事をするようになっていました。

このごろは以前にも増して、父との絆《きずな》の深さを再確認する毎日です。と言うのは、父の郷里の鶴岡《つるおか》に設立されることになった藤沢周平記念館のために、遺品の整理を進めていて、折に触れ、父の書いたものを目にするようになったからです。

父は私にかなり甘いとは感じていましたが、ベタベタとした接し方ではなかったので、どちらかと言うと、私の方が父親に甘えている父親っ子なのだ、と思っていました。

しかし、普段はクールで無口な父でしたが、残したメモなどを見ているうちに、父の家族に対する愛情の深さを、改めて確認することになりました。その愛情は、父がいない今も、母と私たち家族みんなを強い絆で結びつけてくれています。

「いつか展子《のぶこ》の役にたつかもしれない」と書かれた茶封筒の中には、健康に関する新聞の切り抜きが入っていました。父は普段そんなことを口にしたこともないのに、ずいぶん気にかけてくれていたんだなあ、と封筒ひとつに感慨深く、しみじみとしてしまいます。

「親孝行、したいときには、親はなし」

この言葉は、父の生前から、そうならないようにと常々思っていました。しかし、自分の親が亡くなるということは、なかなか現実的には考えられないことでした。結局、親孝行らしいことは何もできないままに、父は逝《い》ってしまいました。

甘えてばかりで、いつも父に心配をかけていた娘でしたが、この本が父への恩返しになればと思って一生懸命書きました。

男手ひとつ　父の奮闘

昭和40年ごろの父（私は２歳）

二冊のアルバム

私が高校生のある日、二階の自分の部屋にいると、隣室の父から呼ばれました。

「展子、ちょっと来い」

「なあに?」

と言って父の部屋に入ると、父の机の上には、臙脂《えんじ》色《いろ》と茶色の古い二冊のアルバムが置かれていました。

「これを展子に渡しておくから、大切に持っていなさい」

手渡されて、そっと開いてみると、私の生母の写真がたくさん貼《は》られていました。

母は、昭和三十八年二月に娘の私を産み、わずか八カ月後に癌《がん》で亡《な》くなりました。二十八歳でした。

それまで、私は仏壇に飾ってある写真以外に、母の顔を見たことがありませんでした。

私が目にしていた母の写真は、生まれたばかりの私が母と一緒に写っているもので、授乳しながらうつむいて私の顔を見ていたり、腕に抱いた私を眺めていたりする写真です。父が私の顔ばかり写しているので、肝心の母の顔は写っていません。

仏壇の写真の顔を見て、私に似ているなあと思いはしましたが、アルバムにあった幼いころの母の写真は、「え？　何で私がここにいるの？」と思うほど、そっくりでした。

「留治に似ねで、めんこく（可愛《かわい》く）ねえ子だ」

これが、生まれたばかりの私を見た、祖母の第一声でした。小菅留治が父の本名です。

祖母の昔の写真を見ると、目は二重で鼻も高く、美人です。祖母は自分に似ている父を溺愛《できあい》していて、留治は女の子と間違えられるくらい可愛かったと語っていたので、母親似の私を見て、思わずそんな言葉がでたようでした。

産みの母については、父から折々に話を聞いていました。

父が郷里・鶴岡の湯田川中学で教師をしていたときに、母は同じ中学校の生徒でした。父の直接の教え子ではありませんが、母の姉夫婦が同じ教師仲間で、まして姉の夫は同じ中学校の同僚だったので、お互いに顔は見知っていました。

父が結核にかかり、わずか二年勤めただけで中学校を休職して東京・東村山の療養所に入院していたとき、母は東京の三鷹《みたか》にある母方の叔父（私の大叔父）の家に住んでいました。当時、母の祖母の具合が悪く、母は親の代わりに、三鷹の家で介護の手伝いをしていたのです。鶴岡にいる姉から、自分たちの代わりに見舞いに行くように言われて、父の病院へ行ったのです。

父の病気が大分良くなって、入院中でも少しは外出できるようになると、見舞いに来た母が帰るときに、父は近くの駅まで送って行ったそうです。

西武線の八坂《やさか》という駅までの道のりを、二人は学校で習った歌をコーラスしながら歩いたと聞きました。二人の歌好きは結婚してからも変わらなかったようで、「清瀬に住んでいたときに、同じアパートの人から、『小菅さんは二人で一緒に歌をうたえるからいいわね』と羨《うらや》ましがられたんだよ」と話してくれたこともあります。

父がようやく回復したころ、母の祖母が亡くなり、母はいったん鶴岡に帰って行きました。それからしばらくして、二人は結婚したのです。

一冊目の臙脂のアルバムには、母が幼いころから、結婚するまでの姿が写っていました。

昭和十年生まれの母の三歳頃の写真は、当時としてはハイカラだったと思われるフリルの付いたワンピースを着て、姉や妹と一緒に写っています。しかし、小学校では着物にもんぺ姿。それが当時、鶴岡の子供の一般的な服装だったようです。母の両親は東京で結婚して、母が生まれてから父親の郷里である鶴岡へ移り住んだということですので、フリルのワンピースは都会生活の名残りだったのかもしれません。

中学校の卒業記念に撮影した写真もあります。父が教えていた中学校です。家族や友達の写真が多く、それぞれに細かい字で説明が書き込まれています。

昭和二十六年、高校生の母が学校で行った日本海沿いの由良《ゆら》の写真もありました。私も幼いときに母方の叔父に連れて行ってもらい、遊んだ思い出のある海岸線の美しい漁港の町です。写真の中の景色は、そのときに見た景色と同じでした。

会社勤めをするようになると、社員旅行が何度かあったようで、Hさんという同僚の女性と仲良く写っている写真が何枚もあります。

もう一冊の茶色の方は、父と母が結婚してからの写真でした。

昭和三十四年の元旦《がんたん》から始まるアルバムには、八月に結婚した二人が住んだ富士見台の風景があります。現在の目白通り、谷原のガスタンクの周辺は空地で、その中にポツンと建った丸い二つのガスタンクが印象的です。

父は後年、腰をわるくして新大久保へマッサージに通うようになりますが、住まいのある大泉学園から新大久保まで私の運転する車で通った目白通りは、片側三車線で交通量も多く、ガスタンクの周りにはみっちりと建物が建っていました。三十年近い歳月が、当時の景色をまるで違うものに変えていました。

父が以前、多摩湖（村山貯水池）に行ったときの話をしてくれたことがあります。その頃、上京していた祖母が登場します。

「お父さんとお母さんが、多摩湖まで遊びに出かけようとしたら、おばあちゃんが、自分を置いて行くのかと言って、一緒についてきちゃったんだよ」

「おばあちゃん、やきもち妬《や》きだったからね」

「そうなんだよ。たまには二人で出かけようと思ったんだけど、結局三人で行くことになってね」

と笑いながら、父は言いました。アルバムには、まさにそのときの写真がありました。

父の字で「貯水池正門前」と記された写真には、着物に白い割烹着《かっぽうぎ》姿の祖母と一緒に、父と母が写っています。さすがに、途中で割烹着は……と気づいたらしく、割烹着を脱いでいる写真までありります。祖母と母、ふたりを写した写真に、「芸術写真」などとふざけてコメントしている父の文字が、当時の楽しかった生活をうかがわせる一枚です。

住むところは西武沿線から離れることのなかった父なので、娘の私も、時を隔てて父と同じような場所に行っていることに気がつきました。吉祥寺《きちじょうじ》の井《い》の頭《かしら》公園、豊島《とし ま》園《えん》、上野の動物園と美術館、そして多摩湖。どこも、私が友達と一緒に行ったところです。

父から聞いた話で、偶然だなあと思ったのは、生母の勤め先のことでした。

父と一緒になってから、生母は池袋の西武百貨店のなかの白洋舎というクリーニング店にしばらく勤めました。新橋に職場のあった父は、仕事が早く終わると、帰りに百貨店の母のところに寄って一緒に帰宅したそうです。そんなとき父が撮った、仕事場で働いている母の写真を見て、私は初めて、生きていた母を実感しました。

人と接する仕事をしたいと希望していた私は、高校卒業後は進学せずに、家からいちばん近い池袋の西武百貨店に就職しました。池袋には東武百貨店も三越もあったのに、偶然にも母と同じ、西武百貨店池袋店に勤めたのでした。

私が就職を決めたときにも、父は全く口出しせずに、娘の希望を尊重してくれました。父から母の勤め先を聞いたのは、私の就職が決まってからでした。それだけに驚き、ふしぎな縁を感じました。

アルバムに、「豊島園で西武の運動会の日」と書かれた数枚の写真を発見しました。高校生のころ初めてこのアルバムを見たときには、それほど印象に残らなかった写真です。

私が勤めていたときにも、豊島園のグラウンドを借り切って、西武百貨店の運動会が催されていましたが、かつて母も参加したことのある行事だったとは思いもしませんでした。私のときには、売り場ごとの対抗戦で様々な競技を競い合いました。母の時代には、どんな運動会だったのでしょう。「ピンポンをしてくたびれたよ」と、写真の傍らに書かれています。この話を今の母にしたら、母の父親が勤めていた大蔵省の運動会も豊島園で開かれ、子供のころに母も参加したそうです。

今の母は、私が六歳になるころに父が再婚して、わが家に来ました。私に新しい母ができたのです。亡くなった母のことは、今の母ともよく話題に上ります。

産みの母が、今の母と同じ三月生まれで誕生日が三日しか違わないことや、血液型がO型だということなどは、今の母から聞きました。母は、亡くなった母の話をする

時に、

「離婚して別れた訳じゃなくて、亡くなってしまったんだから……。若かったから、可哀《かわい》そうでね」

と言います。その一言に、娘の私は救われてきました。

生母の話を全くしなかったら、やはり不自然だと思うのです。そんな風に、母が気遣ってくれるので、私は違和感を感じることなく、二人の母を思って生活することのできる幸せを感じています。

父は父で、亡くなった母のことを今の母にきちんと話してくれていたので、母も仏壇にきれいな花を飾り、命日にはいつもお経をあげて、大切に供養《くよう》してくれています。

保育園の連絡帳

私は、一歳のときに、保育園に通い始めました。

父から聞いた話や、中学生の私が父と一緒にお世話になった先生を保育園に訪ねたときの記憶などから、五歳で幼稚園に入園するまでずっと保育園に通っていたと思っていました。しかし、つい最近になって、保育園の連絡帳の記録から、実際に私が通ったのは、一歳の六月から八月までのたった二カ月間だったことが分かりました。

どういう経緯《いきさつ》で保育園に通うようになったのかは分かりませんが、当時は清瀬の駅に近いアパートに、鶴岡から出てきていた祖母と一緒に三人で暮らしていました。祖母は眼がわるく、体調もよくなかったようで、頻繁に病院通いをしていました。朝から晩まで私の面倒を見るのは大変なので、祖母の負担を軽くする必要もあったのではないかと思います。保育園に通うようになるまでは、どんなに天気のよい日でも、祖母とふたり一日中部屋にこもっていたそうです。

保育園の初日。父はハシカにいつかかったかとか、普段どんなものを食べているかとか、あるいはオムツのことなど、思いつくことをこと細かに書いて、先生に伝えています。オムツ姿の写真を見ても分かりますが、私はかなりのがに股《また》でした。父は股関節脱臼《かんせつだつきゆう》を疑って、病院に連れて行き、種々の検査をしてもらったけれど、特に異常はなかったそうです。でも、歩き方を注意してみてもらいたい、などと書き記してありました。

連絡帳からは、初めて娘をよそに預ける父の、心配そうな様子が手に取るように伝わってきます。おかしかったのは、それから二日後の長い昼寝の話。

その日は、保育園への迎えには祖母が行ったようで、父は夜の八時ごろ仕事から帰ってきました。私はすやすやと寝ていたそうです。寝ている私を見て、「これは静かで良いあんばいだ」と思って、何の気なしに祖母に、いつから寝ているのか聞いたところ、昼の三時からずっと眠っているとのこと。

父は驚いて、寝ている私を起こしてみたのですが、グラグラゆれるばかりで、いっこうに目を覚ましません。ますます心配になって、熱を計ったり呼吸を調べたりしてみても、格別の異常もないので、ひとまず安心して、そのまま寝かせておいたようです。ところが九時になっても目を覚まさない。どうにも不安になって、むりやり起こします。

起きた私は、牛乳を飲み、ウエハースを食べ、眠気はすっかり吹き飛んでしまい、結局十二時過ぎまで起きていたということです。

寝ていれば寝ているで心配をし、起きたらいつまでも起きているので父も疲れるわけで、常にひやひやしながら、子育てをしていた様子が伝わってきます。

父は、子守唄《うた》代わりに、レイ・チャールズの「愛さずにはいられない」を歌って聞かせてくれました。というのも、父には満足に覚えている童謡がひとつもなかったのです。父の歌声にあわせて、私もう少し成長してから、父が、赤いてんとう虫のかたちのレコードプレイヤーとレコードを何枚か買ってきてくれたことがあります。キングレコードの童謡で、「金太郎」や「金魚」など、可愛《かわい》い子供の合唱団が歌っているものです。さすがに父も、いつまでもレイ・チャールズではまずい、と思ったのでしょう。

私を預けた保育園から、父が仕事に向かうときには、私は毎回大泣きをしたそうです。

実は私の息子も同じで、幼稚園に通い始めると、毎日泣かれて、幼稚園の先生が息子を抱っこしている間に、「お母さん、早く行っちゃって下さい」と言われ、後ろ髪を引かれる思いで幼稚園を後にしたことを思い出しました。父もまた同じように後ろ髪を引かれながら、私を保育園に置いていったのかな、などと考えてしまいました。

連絡帳には、食事のこと、寝た時間、家での様子などが、父の几帳面《きちようめん》な字で書き込まれています。

保育園の先生には、とても親身になって面倒を見ていただきました。父は、延長保育もお願いしました。園では六時までは預かってもらえたのですが、その時間までに迎えにくるのは、父にとっては難しいことで、いつも私の迎えがいちばん最後でした。「広い部屋で、先生と二人で待っているのも慣れたようです」と、先生は書いてくれています。

父はいつも、清瀬駅で電車を降りると、走って保育園まで迎えにきたそうです。後年、映画や芝居になった『たそがれ清兵衛《せいべえ》』では、主人公が病気の妻を世話するために、たそがれ時になると家に急いで帰るのですが、その清兵衛の姿と、保育園へ私を大急ぎで迎えにくる父の姿とが、私にはダブって見えてきます。

保育園に通い始めて、ちょうど一カ月が経《た》ったころから、私は、理由もなく泣いてばかりいて、保育園の先生方にはたいへん迷惑をかけていました。あまりに何日も泣き続けるので、できるだけ私を抱っこしたり、膝《ひざ》の上に載せてくれたりして、なんとかなだめていたようです。

先生からそれを聞いて、父は、しっかり躾《しつ》けるために、甘やかしてはならないと考えていたことが、愛情不足になっていたのかもしれないと気づき、ハッとしたと書いています。朝の慌《あわただ》しい時間と帰ってからのわずかな時間しか、娘と一緒にいられないのに、躾けばかりにとらわれていてはダメだ、と気がついたということでした。

それからは、時間を工面して、近所を一緒に散歩したり、暑い日には水浴びをしたりと、父なりに努めてくれたようです。しばらくして、私のわけのわからない大泣きは治まりました。

もの心ついてから、父にはいつも甘く育てられた気がしますが、これがキッカケだったのかもしれません。

そんな保育園生活も、都営住宅に引越すことになり、終わりを告げました。

先生は、せっかく慣れたのに残念だと言ってくれたのですが、前のアパートとは違い、今度の都営中里住宅は、同じ清瀬ではあっても駅から遠く、祖母の足ではとても迎えに行くことは出来ません。業界紙の編集者をしていた父が、毎日必ず夕方六時に保育園に迎えにくることも無理でした。

父は残念に思い、勤め先の人に事情を話すと、上司も同僚の皆さんもとても協力的だったそうです。それでも毎日となると、結局は会社や保育園に迷惑をかけることになる、そう考えた末の結論でした。

こうして、未練を感じながらも、保育園生活は二カ月で終わりました。

赤い三輪車

私が三歳ごろの、ある日の夕方のことです。

私はいつものように、父の帰りを待っていました。

会社から帰宅した父は、家に入るなり、機嫌のよい大きな声で私を呼びます。

「展子、三輪車、買ってきたぞ！」

私は「わあー」と歓声をあげ、目をまんまるにして、父の買ってくれた三輪車を見ました。新品の、朱色に近い、赤い三輪車でした。

「会社の近くで買ったから、混んでる電車のなかでは、たいへんだったよ」

そのときは、ただただ嬉《うれ》しくて、早く乗ってみたくてしかたなかったのですが、今この話を思い出すたびに、三輪車をもてあますように電車に乗っている父の姿がありありと思い浮かびます。

私は外で遊ぶことの少ない子供だったのですが、翌日からは毎日のように三輪車に乗って遊びました。ある時は、三輪車が公園までの足になり、またある時は、焼芋屋さんごっこの道具になりました。

近所の子供たちと一緒に「焼芋屋さんごっこしよう」と言うと、三輪車をひっくり返して、ペダルを手で回して、時々、拾ってきた石をタイヤのところへ入れるのです。なんでそれが焼芋屋さんなのか、今もって分からないのですが、たぶん石を入れるのは「石焼芋」のイメージだったのだと思います。

時には、父も付き合ってくれました。

「焼芋いくついりますか？」

「一つ下さい」

面白がって相手になる父。

「はい。一つですね」

石を一つ拾って三輪車のタイヤのところに入れ、出て来た石を父に手渡します。

「はい、焼けました。とっても美味《おい》しいですよ」

こんなふうに、ごっこ遊びに夢中になりました。

三輪車に乗りなれて、うまくこげるようになると、公園にも遊びに行きました。

ある日曜日、父は仕事で疲れていたのか、ブランコに乗りたくなった私は、ひとりで公園に行きました。公園には人影も少なく、ブランコをこいでいるのは私だけでした。

ふと横をみると、一匹の犬が私の姿をじっと見ています。

私も犬をじっと見ました。

犬は吠《ほ》えるでもなく、前後に揺れている私を見ています。

「早く何処《どこ》かへ行ってほしい……」

だんだんに心細くなってきた私は、そう思っていました。しかし、いつまでたっても、犬はそこを動きません。しかたなく、私は家へ帰ることにしました。

犬の視線は私の視線とあまり高さが変わらず、ますます怖くなりました。ブランコを降りて三輪車にまたがり、家に向かいます。途中の道は、ゆるい坂道でした。

「もし、吠えられたらどうしよう」

「もし、噛《か》みつかれたらどうしよう」

そんなことばかり考えて、心臓がとび出しそうになるほどでした。

それでも、「この坂を登れば、すぐ家だ！」と、一生懸命に三輪車をこぐのですが、なかなか前に進みません。

私が止まると、犬も止まり、私が進むと、犬もついてきます。

そんな動作を繰り返しながら、ようやく家の前にたどりつきました。庭には、父の姿があり、その父の顔を見るなり、私は大声で泣き出してしまいました。

父は何があったのかと心配そうに私を見ていましたが、理由を聞いて、「そうか、そうか」と言って私を抱き上げ、「それは、大変だったなあ」と愉快そうに笑っていました。

またある時は、やはり公園に三輪車で遊びに行って帰ってくると、家の前の道路が掘りおこされていて、道路と庭の入り口との間に架け渡した板の上を通らなければ家に入れなくなっていました。まだ四歳ぐらいだったと思いますが、なにしろ無口な子供だったので、工事のおじさんたちに「通らせてください」とは、とても言えません。

その上、みな忙しそうに働いていて、誰も私に気がつきません。

しばらく、しかめ面をして三輪車にまたがって、じっとしていました。そのうちに、いつまでも家に戻ってこない私を父が心配して、窓から顔を出しました。私に気づいて、

「展子、何してる」

と、大きな声をかけてくれました。そのとたんに、私は、

「家に入れないんだよー」

と、三輪車にまたがったまま、大泣きをしました。

「今そっちに行くから、待っていろ」

父は、サンダルを履いて、庭から私のいる方へとやって来ました。そして、ひょいっと私を抱き上げると、片手に三輪車を持って、何事もなかったかのように家に入っていきました。

「展子のこういった出来事は書き残しておかなければいけない」

と、父はメモに書いていますが、書き残すまでもなく、父にしがみついて泣いていた記憶は、赤い三輪車とともに、私の脳裏にしっかりと刻み込まれています。

幼稚園生活の始まりと祖母

幼稚園生活はじまりの朝。

父は娘の晴れ姿でも眺めるように、ニコニコとしています。

「先生の言うことは、よく聞くんだよ」

「危ないことは、してはいけないよ」

いろいろと注意しなければいけないことを、私に教えていました。

園服を着て、帽子をかぶり、黄色の幼稚園バッグを肩に掛けて、さあ初めて一人で登園だ、と幼稚園バスの来るところへ向かって家を出ようとしたまさにそのとき、祖母が私を呼び止めました。

縁側に腰をかけた祖母は、私を手招きして言います。

「ノッコ（のぶこ）や、このお菓子もってけ」

園服のポケットの中に、ラムネやら飴《あめ》やらを入れてくれました。

「お腹《なか》がすいたら食べれ」と。

通園バスに揺られて、幼稚園に着いて、私の記憶は園庭での遊び時間から始まります。

くるくる回る地球回りの遊具で遊んでいるときに、さっそく私は、例のお菓子をポケットから出して、緑の包み紙をむいて、飴を一つ口の中へいれました。そのまま調子よく遊んでいると、担任のY先生が、笑顔でやってきました。

「展子ちゃん、お口の中の物を出しなさい」

と言うのです。先生の差し出した手の上へ、さっきなめ始めたばかりの飴玉を出しました。何がなんだか分からない顔をして、きょとんとしている私に、

「あのね、幼稚園にはお菓子を持ってきてはいけないのよ。今もっているお菓子を、全部出しなさい。帰りに返してあげるからね」

先生は、優しく、そしてきっぱりと言いました。それで初めて、幼稚園にはお菓子をもってきちゃいけないんだということを知りました。

「おばあちゃん、いいって言っていたのに……」

家で父の帰りを待って、祖母に対する文句を言いました。

翌日からはもちろん、幼稚園にお菓子を持って行くことはありませんでした。祖母

は私のためを思ってしてくれたことなのに、私から文句を言われて、寂しそうでした。

このときの話を、大人になってから、父としたことがあります。

「おばあちゃんには参ったよー。幼稚園に、お菓子をもたせるんだから」

「おばあちゃん、悪気はないんだけれどね。なんか、ずれてるんだよな」

と、父も笑っていました。今から思えば、ずっと田舎暮らしだった祖母にとって、孫の世代の都会での決まりごとを知らないのは、仕方のないことだったと思います。

祖母は東京に出てきてからも、お国言葉をつかっていたので、祖母の記憶は、ほとんど庄内の訛《なま》りや方言と結びついています。

幼稚園に入ってまもない頃のことです。その日の夕食は魚で、小骨の多いカレイか何かの煮付けだったと思います。うまく骨の取れない私は、身と一緒に骨まで飲み込んでしまいました。

「パパ、喉《のど》のところに骨が刺さった」

「ご飯をそのまま、嚙《か》まないで飲み込んでごらん」

と言う父の横で、祖母が心配そうに見ていました。

父に言われたとおり、ご飯を一口、まるごと飲み込みました。しかし、ご飯だけが喉を通過して、肝心の魚の骨は喉に刺さったままです。何度か繰返してみましたが、取れる気配がありません。

「駄目か……、ちょっと喉を見せてごらん」

父に言われて、大きく口をあけるのですが、骨は見えないようでした。私があまり痛がるので、父が祖母に言いました。

「七竹《しちく》さんに行って、取ってもらってくる」

私はよく熱を出す子供だったので、歩いて二十分ほどの七竹さんという内科医に頻繁にお世話になっていたのです。食事もそこそこに、私は父とふたり陽が落ちて暗くなった道を、半べそをかきながら歩いて行きました。病院は既に閉まっていたのですが、父が戸を叩《たた》くと中から先生が出てきました。

診察室に入ると、先生は銀色に光る丸くて真ん中に丸い穴のあいたものを片方の目にあてて、その穴から私の喉を覗《のぞ》きました。「あった、あった」と言って、ピンセットか何かで、刺さった骨をすっと抜いてくれました。見ると、小骨というよりはかなり太い骨でした。「これじゃあ、痛かったね」と、先生に優しく言われました。

父の顔をみると、それまで眉間《みけん》に寄っていた皺《しわ》が消えて、ほっとした顔をしています。「夜分にすみませんでした」とお礼を言って、父と一緒に家路につきました。

家では、祖母が相変わらず心配そうに待っていました。骨を取ってもらってすっきりした私は、何事もなかったかのように、またご飯を食べ始めました。

「そんなにおっぺい口する（たくさん口に詰め込む）もんでねぇ」

と、祖母はまだ心配そうな顔をして言いました。

父は安心したように笑っていました。

父は仕事から疲れて帰ってくると早々に私に付きまとわれ、幼稚園での出来事を聞かされたり、時には熱を出して真っ赤な顔をしてふうふう言っている私をおぶって七竹さんに連れて行ったりと、大変だったと思います。しかし、その当時の私の記憶には、父に怒られた覚えがないのです。

手作りの手提げ袋

幼稚園での必需品に、手作りの手提げバッグがあります。

私も、息子が幼稚園に入園するときに、手提げ、上履き入れ、お弁当袋と、何種類も作りました。私の通っていた幼稚園でも、手作りの手提げ袋を皆が持っていました。

しかし、そのことに気づいたのは、入園してずいぶん経《た》ってからでした。

私は、お揃《そろ》いの黄色い幼稚園バッグを肩から斜めに掛けて、毎日、幼稚園バスで登園していましたが、ある日のこと、先生が何かを手提げ袋の中にしまって帰りましょうね、と言うのです。

手提げ袋……？

そんなの持ってない！

当時、内弁慶だった私は、先生に何も言えず、ただ、もじもじとうつむいていました。そのおかしな様子に、先生が気づいて、

「展子ちゃん、手提げはどうしたの?」

と、優しく聞いてくれました。私はただただ、黙っていたと思います。

そのとき、もう一人、手提げ袋を持っていない子がいました。

「今日は先生のを貸してあげるけど、お家に帰ったら、お家の人に作ってもらってね。だけど、困ったわ。先生の袋は一つしかないの。ジャンケンで勝った方に貸してあげる」

黒い布地に大きな猫のアップリケ、きらきら光るスパンコールのついたその袋を借りられるのは、ジャンケンに勝った子だけです。「お父さん、手提げなんて作れるのだろうか? 見本がなくちゃ出来ないだろうな。ジャンケンに勝って先生から借りていかないと……」そんな思いが小さい頭の中を駆け巡りました。

クラスのみんなが見守るなか、

「じゃんけんぽん!」「あいこでしょ!」「もう一回じゃんけんぽん!」

ドキドキしながらのジャンケンは、みごとに私が勝ちました。そして、先生の大きな手提げを借りて家に帰りました。

仕事から帰ってくる父を待ちかねて、顔を見るや否《いな》や、言いました。

「お父さん、今日ね、先生が手提げ袋を作ってもらいなさいって。ジャンケンやって、ノッコ勝って、先生の手提げを借りてきた。だから、絶対に作って。先生、明日返してねって」

父は少し困った顔をして、「どれ、見せてごらん」と、先生の手提げの、表をじっとみたり、裏にひっくり返して眺めたりしていましたが、「よし！　分かった」と言いました。

夜、いちど布団《ふとん》に入ってからも気になって、そーっと起き上がって、ふすまの隙間《すきま》から覗《のぞ》くと、一生懸命に手提げを作っている、父の後ろ姿が見えました。

翌朝、眼を覚ますと、お膳《ぜん》の上に、父の作ってくれた手提げ袋が置いてありました。先生のよりちょっと小ぶりな、茶色で縞々《しましま》の柄でした。

その日は嬉《うれ》しくて、先生に手提げを返してからも、得意げに何度も、「これね、お父さんが作ってくれたの」と言っていました。

いま考えると、父が夜なべしてつくってくれたあの手提げの生地が、父の背広の柄に似ていたように思えるのは、気のせいでしょうか。家に余り布があったのか、それとも……。今となってはわかりません。

運動会のお弁当

幼稚園の運動会当日、天気は快晴。

眠い目をこすりながら起きると、朝早くから父が台所に立って、なにやらごそごそとやっています。何をやっているんだろうと、父の横に行って覗《のぞ》き込みました。なんと、のり巻をつくっているのです。

巻き簀《す》に真っ黒なのりを敷いて、ご飯をのせ、中身はキュウリと干瓢《かんぴょう》。くるくるっと器用に巻くと、みごとに細巻が出来上がりました。

お父さんはすごい！　そんなふうに感じたのは、私の記憶に残っているなかで、このときが最初だったと思います。

お弁当に、おにぎりをつくってもらったことはあっても、のり巻をつくってもらったことはなかったのです。それが晴れの運動会の日に登場したのですから、ほんとうに嬉《うれ》しかった。

次々と出来上がる細巻たち。

それは、小さくカットされて、みごとにお弁当箱の中に並びます。

しかし、やはり男親のやることでした。父も、お弁当箱にまでは気がまわらなかったらしく、大きなアルミのお弁当箱でした。とても幼稚園児の女の子が持つような物ではありません。

それでも私は、中身ののり巻に感動していて、入れ物のことは全く気になりませんでした。今でも、その日の運動会で記憶に残っているのは、のり巻だけで、どんな遊戯があったのか、まるっきり覚えていません。

よく晴れた青空、真っ白な雲、アルミの大きなお弁当箱、その中に行儀よく並んでいるのり巻たち、父の笑顔。それが、私の、幼稚園の運動会の思い出です。

上野動物園と父

幼稚園児のころ、父とよく上野動物園に行きました。

ある日曜日、仕事が残っていた父は、私を連れて仕事場に寄ってから、動物園に行くことになりました。新橋にあるその会社は、狭く薄暗い階段を上がったところに部屋があり、たくさんの机の上に紙が山積みになっていました。休みの日だというのに、大勢の大人がいて、みんな忙しそうにしています。

父が私を連れて部屋に入ると、

「小菅さんの子？」

と聞かれ、父が照れくさそうに、

「そう。あとで、動物園に連れて行く約束になっているんだよ」

と答え、ついでのように、

「展子、そこにおとなしくしていなさい」

と言って、自分は仕事をはじめてしまいました。

私はドアの横にへばりついて、本や紙が山になった机の向こうにいる父を一生懸命見ていました。おじさんたちが通りすがりに、なにかを話しかけてくれるのですが、頭のなかは「お父さん、早く終わらないかな」「早く動物園に行きたいよ」ばかりでした。

ようやく父の仕事が終わり、動物園に向かいました。

私は、象やキリンを見るのが好きでした。

ほとんどの動物を見終わると、不忍池《しのばずのいけ》のほとりにある茶店で、ところてんを食べるのがいつもの道順でした。小さな子供には渋い話です。

そして、父にとっての最後の難関が、帰りみち動物園から駅までつづく通りの屋台店です。その日も、いつものようにさっさと通り過ぎようとする父の手を引っぱって、私は一つのお店の前で立ち止まり、動こうとしませんでした。

「さあ、帰るぞ」

父が言うのも聞かず、私は、目に飛び込んできた赤い公衆電話のおもちゃが、欲しくて欲しくてたまりませんでした。

「パパ、あの電話が欲しい。買って！」

「だめ、だめ。家に普通の電話があるだろう」

そうなのです。家には既に、父が買ってくれた普通のかたちのおもちゃの電話があったのです。それでも、欲しくてしかたのない私は、大声で泣き始めます。

「パパ！　電話買って！　赤いの買って！」

いくら言って聞かせても、言うことを聞かない私に、父はあきれはて、

「勝手にしろ！　そんなにわからないことを言うなら、おいて行くぞ！」

と言いました。それでも泣きつづけて、ふっと周りを見回すと、父の姿がどこにもありません。今度は、

「パパー！　パパー！」

と言って泣きつづけましたが、父は現れません。そして、何を思ったか私はいきなり、

「パパ！　おしっこー！」

と叫んだのでした。すると、どこを探してもいなかったはずの父が、すっと現れて、いきなり私を抱きかかえ、脱兎《だっと》のごとくトイレに走って連れて行ったのでした。父は隠れて、こっそり私の様子をうかがっていたのです。

結局、私は泣き疲れ、父に抱かれて家に帰りました。もちろん、赤い公衆電話は買

ってもらえませんでした。置いていかれるよりはマシだと思い、あきらめました。

父の動物園好きの理由が「狼《おおかみ》」だったことは、父のエッセイで知りました。「私の足が動物園から遠のいたのは、狼がいなくなってからのように思う。パンダを見てもしようがない」と、そのエッセイは結ばれます。

狼もいなくなり、パンダを見たがる娘もやがて小学生中学生へと成長しました。父も私も次第に動物園には行かなくなりましたが、幼いころの懐《なつ》かしい思い出が、動物園にはたくさん詰まっています。

凧《たこ》揚げ、羽子《はね》突き

お正月休みには、よく父と凧揚げをしました。

私たちが住んでいた都営住宅の前が畑になっていて、畑と畑の間に土の道がありました。そこには電柱も電線もないので、凧揚げにはもってこいの場所だったのです。

年の瀬が押しつまってくると、父は、毎年張り切って準備をはじめました。

今のようなビニール凧ではなくて、四角だったり奴《やっこ》さんだったり、その年によって形は違っていましたが、紙と竹ひごで出来た凧を買ってくるのです。

まず、凧に足をつけることから作業は始まります。新聞紙を細長く切って、のりで貼《は》って長くつなげて、それを凧の下の部分に付けるのです。父は器用に新聞紙をつなげ、私は横から、「これが出来れば凧揚げだ！」と、ワクワクしながら手伝いました。

そして完成した凧を持って、寒い外へと繰り出すのです。父が凧の両端を持って、「ほい！　展子、走れ！」と声を掛けます。

「うん！」と答え、思いっきり駆け出します。

自分ではかなりの速さで走っているつもりですが、寒さに着ぶくれした私は、実際にはかなりの鈍足で、走っても走っても、凧は地面を引きずられるばかりです。それでも、

「もう一回いくぞ！　今度はもっとがんばって走れよ！」

と父は言い、私も父の方を見て、

「まかしておいて！」と答えます。

「いけー！　もっと一生懸命走れー！」

と言う父の掛け声とともに、精いっぱい走り出しました。今度は地面につきそうでつかない、ぎりぎりの所から、ぐーんと引っ張られるような感触がありました。成功です。

凧はぐんぐん上がって行きます。

ここからは父の出番です。糸をくるくると繰り出して、凧はどんどん小さくなっていきます。それを、手首でクイックイッと引っ張るのです。すると、糸はピンと張って、空高く凧は舞います。風に泳ぐその姿は、子供心をくすぐる遊びでした。

「パパ、ノッコもやりたい！　貸して！　貸して！」

「まて、まて！　まだ、もうちょっとだ！」

父はなかなか渡してくれません。

しばらくして凧が安定して風に乗ると、ようやく私に手渡してくれました。

「展子、手をはなすなよ」

高く上がった凧の引きは強く、かなりの力で引っ張られます。

小さい私は逆に引きずられそうになり、今度は大騒ぎで、

「パパ、持って！　持って！」

と、半べそ状態です。

そんな時には、ひょいと父が替わってくれて、凧は悠々と空を泳いでいるのでした。

羽子突きの相手も、父はしてくれました。

幼稚園で作った羽子板で、羽子は買ってもらって、父とよく遊びました。なかなかうまく続かないのですが、父と一緒なのがうれしくて、「もう一回、もう一回」と、せがんだものです。

「展子、お父さんはもうへろへろだ」

決まってその台詞《せりふ》で、お開きとなるのでした。

父と母のいる家庭の幸せ

私の３歳と７歳の七五三

七五三と新しい母

三歳の七五三には、亡《な》くなった母方の祖母が、きれいな着物を縫って送ってくれました。

おかっぱ頭に大きな髪飾りをつけた、着物姿の写真が残っています。まるまる太った私の隣には、瘦《や》せこけた父が一緒に写っています。

父はうれしそうに、にこやかな顔をしているのに、私は対照的に、つまらなそうな顔をしています。頭におかしな物を付けられて、慣れない着物を着せられているせいで、そんな仏頂面《ぶっちょうづら》になったのだと思います。父の方は、よくぞここまで大きくなって、という気持ちが表情にあらわれたのではないでしょうか。

せっかくきれいな着物なのに、モノクロ写真でカラーでないのが残念ですが、それでもここには、一生懸命に子育てをしてくれた父の思いが写っています。

七歳の七五三は、明治神宮で撮った写真があります。相変わらずモノクロ写真ですが、写真を撮ったのは、今の母です。

私が幼稚園を卒園する前に、母は父と一緒になりました。

父に「展子の幼稚園の卒園と小学校の入学式があるから……」とせかされて、知り合ってたった三カ月のスピード結婚でした。

そのおかげで七歳の七五三は、母にも一緒にお祝いしてもらうことが出来ました。

母がいるとこうも違うのかと思うほど、私はあか抜けていて、白いワンピースを着て、笑いながら父と一緒に写っています。まるまる太った私と痩せこけた父という構図は、三歳の時のままですが、二人の顔には幸せそうな安心感が漂っています。

父は後に、この当時のことを、エッセイのなかで、

「再婚は倒れる寸前に木にしがみついたという感じでもあったが、気持は再婚出来るまでに立ち直っていたということだったろう」

と書いていますが、いつだったか何かの折りに、母との再婚のことを、

「藁《わら》をも摑《つか》む」

と表現したことがありました。母は、

「お父さんは、木にしがみついたと言っていたのに、いつの間にか藁にされちゃっ

た」

と、笑っていました。

それを聞いた私は、心の中で、母は父と私の二人に頼られて、木も藁になるわけだ、と思いました。私がいつまでも自立しないで親を当てにしていた頃、父はよく、「展子がいつまでも頼るから、お父さんの脛《すね》はどんどん細くなる」と言っていましたから、父と私ふたりに頼られた母もどんどん細くなって、ついには藁になったのだと冗談に思ったのです。

七歳の七五三の写真を、三歳のときのものと見比べていたら、この頃からようやく、父も私も、ささやかな家庭の幸せを感じることが出来るようになったのだと思いました。

下町育ちの母

父と母が知り合った当時のエピソードに、こんな会話がありました。父は自分が祖母と子供と暮らしていたので、母に聞いたそうです。

「子供は何人ですか？」

「二人です」

と、母は答えました。父が、何人子供がいますかと聞いたのに、独身だった母は勘違いして、何人ぐらいまでなら面倒をみられますかと聞かれたと思ったそうです。

父は母の答えを聞いて、二人の子供がいると勘違いをし、自分にも子供が一人いるので、三人の子供を育てて、祖母まで面倒を見るのはきついなあと思ったそうです。

しかし、それはお互いの誤解と分かり、父はほっとしたということでした。

父は、会った翌日には速達でラブレターを出し、母にアタックしたそうです。

私は母に聞いたことがあります。

「お母さん、その時の手紙まだ持ってる?」

「人に見られると恥ずかしいから、一通だけ残して全部処分しちゃった」

そう言う母の心のなかには、きっと父からのラブレターがしっかりと刻み込まれているにちがいありません。


母は江戸川区小岩の育ちで、下町の人情を身につけ、老母と幼児を抱えた条件のわるい父のもとへ嫁いで来るような肝っ玉のすわったところもある人です。

父が再婚してから、わが家は一変しました。

私に、突然ママが出来たのです。私はもううれしくて、毎日、べったりと母にくっついていました。母が料理をしていると、必ずその横に並んで、なんだかんだと話しかけていました。病院の送り迎えから始まり、母は祖母の面倒もよくみていました。

祖母は、髪をいつもお団子のように一つにまとめていて、母が来るまでは、自分で髪を結っていたのですが、いつからか母にしてもらうようになりました。目薬も自分では差さずに、母に差してもらっていました。

しかし、財布だけは祖母が管理していて、一日五百円の生活だったそうです。買い物に行くときは、祖母からお金を貰《もら》って、おつりはちゃんと返していたそうです。

祖母の世話もして私の面倒もよく見てくれていたので、父は、安心して仕事に専念することができ、また小説を書き始める時間的余裕も出来たのでした。

しかし、母の方はたいへんでした。

私はよく泣く子で、なにかあるとすぐに大きな声で泣いてしまうのです。バケツの取っ手とバケツの間に自分で指を挟んで、大泣きをしたことがありますが、そんなときに近所のおばさんたちが何事かと見に来るのです。

清瀬の都営住宅に住んでいた頃で、私が泣くと、ママ子苛《いじ》めではないかと、まるで父の小説に出てくる長屋のおばさんたちのように興味津々《しんしん》だったそうです。それには、さすがの母も困ったと言っていました。

そういうことも、母は乗り越えてきたのです。

大雨の日に

私が小学校二年生で、東久留米に住んでいた頃のことです。母が来てからちょうど一年後に、わが家は清瀬の都営住宅から一つ隣の駅である東久留米の一軒家に引越しました。その家は、ちょっと変わった地形の上に建っていました。駅の方から歩いてくると、ゆるやかな坂があり、その坂を登る途中の右側に急な坂が現れます。その坂をさらに登りきったところに、私の家はありました。

その日は、大風が吹いていました。雨はまだそれほど降っていません。父が坂の下にある文房具店に用事があり、ついでに母からKストアーでの買い物を頼まれたのです。その当時、父はよく私を散歩に連れだしてくれました。一日じゅう雨で、友達と遊ぶこともできない私は暇をもてあましていて、父の買い物についていきました。

長靴をはき、傘をもって、家から歩いて四、五分ほどの、坂下の文房具店で買い物を済ませ、向かいにあるKストアーに行きました。母のお使いをしている間に、急に雨脚がつよくなり、大粒の雨が激しく降ってきました。雷も近くで鳴り出しました。店を出ると、外はすっかり土砂降りで、ストアーの店先でしばらく様子をみていたのですが、一向に小降りになる気配はありません。ついに、父がしびれを切らして言いました。

「さて、雨もやみそうにないから、そろそろ帰るか」

私も「そうだね」と言いながら、歩き始めました。

しばらく歩くと、道路は水かさが増して、私の長靴の足首を浸すほどになっています。父とふたりでかまわずに歩いていくと、水かさはさらに増して、ついに私の長靴のなかに水が入ってきました。つないだ父の手を握る私の手に、力が入りました。

「お父さん、長靴のなかに水が入って、歩けないよ」

ずっと下ばかり見て歩いていたのですが、父の顔を仰ぎ見て、ふっと視線を前に移すと、水は坂の上から、まるで川のように流れてきます。

怖くなって、足が止まってしまいました。そうなると、完全に水の入った長靴は重みを増し、足を前に出そうにも、まったく動けなくなってしまったのでした。

「ほら、がんばって歩け」

父は私の手をひいて言うのですが、歩くと長靴が脱げて流されそうな勢いでした。

「お父さん、ダメ。歩けない」

「こりゃ、すごいなあ……」

でも、雨の中いつまでも、そこに立っているわけにもいきません。

父はついに、意を決して私を抱き上げました。小学二年生の私は、かなりの重さだったと思います。落ちないように、父の首にしっかりとつかまって、

「お父さん、大丈夫？」と、心配そうに聞くと、

「大丈夫だ。展子一人ぐらい、まだ大丈夫」と、力強く返事をしてくれました。

父は私を抱いたまま、坂から流れてくる水のなかをじゃぶじゃぶと大股《おおまた》で歩いていきます。その間、私は泣きそうになりながら、ただただ父にしがみついていました。

私の家の坂のところまで来ると、水はだいぶ少なくなっていました。

父は私を地上に下ろすと、「ふう」と大きく息を吐きました。

家にたどりついたときには、二人ともずぶ濡《ぬ》れでした。そんな私たちを見て、母があわててタオルを持ってきてくれました。私は今あった出来事を大騒ぎで母に話しました。

「展子を抱いて、よく歩いてこられたわね」

と言う母に、父はまだそのぐらいは平気だというような顔をしていました。
このときは、身体《からだ》の細い父が、とても頼もしく、大きく見えました。

私の入院

小学二年生の時に、私は入院しました。季節はよく覚えていないのですが、寒い時期だったように思います。

その日、父は出張で、朝のご飯を一緒に食べてから出掛けて行きました。熱が出て、吐き気もあり、風邪を引いたような症状が一向によくならないので、母は私を医者に連れていきました。

病気は、風邪ではなく猩紅熱《しょうこうねつ》という子供に多い伝染病でした。大人にはあまり感染しないらしく、幸い父も母も元気でしたが、どこで病気をもらってきたのか分からず、私の入院とともに、自宅や学校、それに家の近所が消毒されました。当時、猩紅熱は法定伝染病に指定されていたのです。

そんな大ごとになっているとは知らずに、私は小平にある昭和病院に入院しました。母と一緒に病院に着くと、子供ばかり十人ほどの部屋に入りました。病室には、猩紅熱の子供のほかに、赤痢で入院している子もいました。私のベッドは廊下側のいちばんはじっこでした。

とにかく具合が悪かったので、その日は、ただただ横になっていました。何か話しかけられても、よく分からず、「また明日、お父さんと一緒にくるからね」と言って母が帰っていったことだけを覚えています。

翌日になって少し落ち着き、まわりを見回すと、部屋には上は中学生から下は幼稚園児の男の子と女の子がいました。互いのベッドを行き来して、トランプなどで遊んでいる子もいました。

そのうちに、父と母が白いうわっぱりに白い帽子をかぶりマスクもつけて、心配そうな顔で部屋にやってきました。せっかく心配して来てくれたのに、私は見慣れない両親の姿をみて、心の中で「帽子なんてかぶって、へんな格好」と思っていました。

「たいへんだったな。辛《つら》くないか?」と、父は言葉少なに聞きました。母は、さっそくベッドの脇《わき》にある引出しをあけて、家から持ってきた入院に必要なものを、「これは、ここにしまうからね」とか、こまごまと説明しながら片づけていました。

「ご飯はどうだ?」と父が聞くので、「うん、美味《おい》しいよ」と言うと、母が「ふりかけ持ってきたから、使いなさい。ここに置いておくからね」と、のりたまとごま塩を棚の端に置きました。

「ご飯が食べられれば大丈夫だ」と、父も安心したようでした。

父の考えでは、ご飯が食べられるかどうかが、病気のときの一つの基準になっていました。父は、自分が体調を崩して食欲がないときも、無理をしてでもご飯を食べるようにしていました。

「出張先にお母さんから電話があって、展子が入院したと聞いて、お父さん、びっくりして、あわてたよ」と父は言いましたが、食欲のある私の姿を見てほっとしたようでした。

母もひとりで入院手続き等をすませなければならず、たいへんだったようです。

母はその日の朝、私の半分食べ残したパンを口にしたそうです。大人なので抵抗力があったようで、猩紅熱は感染《うつ》りませんでした。

父と母は、それから毎日、様子を見に来ました。

入院生活にも慣れ、体調もかなり回復した私は、母に、

「テレビを見るお金だけ持ってきてくれれば、毎日来なくても大丈夫だよ」

と言ったそうです。病院では、一つの部屋に一台のテレビが置いてあり、皆で順番

にお金を入れて見ていました。

部屋には、男の子の人数の方が多かったので、たいていは男子にチャンネル権が行ってしまいます。それで、時には看護婦さんにことわって、女の子だけで、隣の空いている病室のテレビを見せてもらったりしました。

テレビを見るお金には、そんな事情もあったのですが、ほかの子供たちのところには毎日親が来ることはなかったので、私もひとりで大丈夫と、多少格好をつけたかったのだと思います。

しかし、翌日、父と母がやって来て、母が用事で部屋を出た隙《すき》に、父に言われました。

「展子、昨日、お母さんに、テレビのお金だけ持ってきてくれれば毎日来なくていいと言ったんだって」

「うん」

「お母さん、帰り道で涙ぐんでいたぞ」

「え……」

父や母が病院に来てくれることを、あまり深くは考えていなかったのです。

毎日、花小金井駅からバスで五分の道のりを、母はバスにも乗らずにトットコトットコと歩いて通っていたのです。父にそう告げられて初めて、そうか、心配して来てくれていたんだ、と気がつきました。

「お母さんにあやまれよ」

「うん」

母が戻って来ました。

「お母さん、ごめんね」

「全く、こんなに心配しているのに、私はテレビのお金を持ってくる人なのかと思ったら、悲しくなったわよ」

「ごめんなさい」

私はもう一度あやまりました。

それからも毎日、母は様子を見に来てくれました。

入院は当初、三週間の予定でしたが、次第に元気になった私は、ベッドからベッドへと渡り歩いて遊んでいたので、

「もっと静かにしていないと、退院が遅れますよ」

と、母は婦長さんから叱《しか》られたそうです。

婦長さんの言うとおり、退院はさらに一週間延びてしまいました。でも、その頃に

は、私は入院しているというよりも、合宿にでも来ているような感覚でいました。

ようやく退院して家に帰っても、一週間は学校に行ってはいけないということでした。

人形遊びをしたりして、毎日が日曜日みたいに遊んで過しました。父も、おみやげに縫いぐるみを買ってきてくれたりしました。

学校へ登校する日になって、久しぶりなので母が心配して付き添ってきてくれました。入院中にクラスの友達から手紙などのお見舞いをもらっていたお礼に、クラスのみんなに鉛筆とノートを配って帰っていきました。一カ月以上、学校を休んでいたにもかかわらず、その後、特に問題もなく、私は学校へ復帰しました。

後で、父と母が隔離された病室に入院した私をどんなに心配したかということを聞きましたが、子供の私は、そんなものかな？　という軽い気持ちで聞いていました。「親のこころ子知らず」とは、まさにこのことです。このときの親の心が身にしみて分かるようになったのは、実際に私が子供をもつ母親になってからでした。今は、その当時の父母の心配ぶりが、とても身近に感じられます。

散歩の途中で

東久留米の家に住んでいた頃は、父とよく散歩に行きました。私が家でごろごろしていると、「展子、散歩に行くぞ。一緒に行くか？」と、父が聞くので、「行く、行く」と、私は喜んでついて行きました。

喜んでというのには、理由がありました。

父と一緒に散歩に行くと、途中で必ず駅前の喫茶店に入って、フルーツパフェやアイスが食べられるからでした。父の財布が寂しいときには、川のそばの牛乳屋の店先にあるベンチで、ヨーグルトやフルーツ牛乳ということもありましたが、それはそれで美味《おい》しく、小学生の私にはうれしいことでした。

牛乳もヨーグルトも今のように紙パックではなく、瓶に厚紙の蓋《ふた》がついていて、それを先が錐《きり》のように尖《とが》った道具で開けるのでした。私はうまくできずに、いつも蓋が瓶のなかにめり込んでしまうので、そのめり込んだ蓋を父がグイッと開けてくれました。

父はよくコーヒー牛乳を飲みました。私と一緒にヨーグルトを食べることもありました。そのときの牛乳やヨーグルトの味は、今も懐《なつ》かしく思い出されます。

当時の東久留米は、まだ自然が残っていました。散歩コースの黒目川の河川敷にはシロツメクサが一面に生えていて、父が河原に座って考えごとをしている間、私はシロツメクサを集めて腕輪をつくったり、冠をつくって父の頭の上にのせたりして遊んでいました。

父は頭に冠をのせたまま、笑顔で「ママにも作ってあげな」と言います。私は、「まかせて！」と張り切って、ネックレスのように長く長く編んで、家に持って帰りました。

二人で四葉のクローバーを探したこともあります。父はかなり真剣に探してくれました。土筆《つくし》も沢山はえていて、父と一緒に山ほど摘んで持ちかえり、母がおひたしにしました。土筆が食べられるものだと、そのとき初めて知りました。

散歩をしていると時々、面白いことに遭遇しました。

「お父さんの住んでいた田舎には、ふきのとうが道端に普通にあって、子供の頃は採ってきて、家で食べたんだよ」

「えー、道に生えてるの？」

「山菜だって、なんだって山に生えてるものなんだぞ」と呆《あき》れた顔をして、「この辺は何もないからな」

「ふきのとうってどんな味？」

「少しにがいけれど、それが美味しいんだよ。どこかに生えていないかな」

その日は、ふきのとうを探す散歩になりました。父に言われて、道端を探すのですが、見たことがないので、見当がつきません。

「お父さん、これ、ふきのとう？」

「違う、違う。緑色で、もっと花の蕾《つぼみ》みたいに、ふっくらしているやつだ」

しばらく道の両脇《りょうわき》に目をこらして歩きます。

「あ！　お父さん、これでしょう」

「違うんだよな……」

「そっか……」

二人で下を見ながらずっと歩いていると、突然、父の声がしました。

「おい！　展子、あったぞ！」

見ると、道端にポツンと一つだけ、緑色の草のような花のようなものの姿がありました。父はうれしそうに、土からそっと抜くように摘んで、私に見せてくれました。

「こんな所にも、まだ自然があるんだなあ」

目的を達成した父と私は、そのふきのとうを大事に持って家路をいそぎました。もちろん、家で待っている母に見せるためです。家に帰ると、私は、父が見つけたふきのとうを、まるで自分が見つけたかのように母に話しました。

母は「珍しいものをみつけたわね」と言い、父はうれしそうに頷きました。

そのたった一つのふきのとうは、わが家の庭に植えられました。

父は虫取り名人

父は虫を捕まえるのが上手でした。

と言っても、私の言う虫取りとは、野山に虫を捕まえに行くのではなくて、家の中に迷いこんできた虫を捕まえるという意味です。

東久留米の家の周囲は自然も多く、虫もたくさんいました。家の裏には、林があって、それはまるで自分の家の庭のようでした。しかし、虫がとても苦手だった私にとって、それは、かなり辛《つら》い日常でもありました。

家の軒先などに巣を張った蜘蛛《くも》が、小さなものではなく足の長い女郎蜘蛛だったり、裏の通路にほうきを取りに行くと、カマキリが目の前でじっと私を見つめていたりします。とにかく虫がいたる所にいるので、ハラハラドキドキの毎日でした。

いちばん嫌だったのは、部屋の中に、コオロギの仲間で、手足が長く、身体《からだ》がぶよぶよとしたカマドウマが入り込むことです。虫嫌いの私なのに、いつも何故《なぜ》か真っ先に私の視界に入ってくるのです。そしてそれは、実際の大きさよりもずっとずっと大きく見えました。そうなると、心臓はバクバクとなり、視界は一気に暗くなり、漫画で言ったら、額にサーッと何本もの線があらわれた状態で、泣きそうになるのでした。そんな事態は、夜、寝ようとして自分の部屋に入ったときに、よく起こりました。両親に「おやすみなさい」と言って、自分の部屋に入ったとたんに気配を感じ、目を移すと、その先には気味のわるいカマドウマがいるのです。暗い表情で両親の部屋へ戻り、

「お母さん、また、あの気持ちわるい、大きいコオロギがいる……」

と言って沈黙する私を見て、

「お父さんにとってもらいなさい」と母。

「しょうがないなあ」

と、父は立ち上がって、私の部屋へ向かいます。

カマドウマが動かないで、そのままの場所にいるときは良いのですが、父が私の部屋に来る間に、どこかへ姿を消してしまっていたりすると大変です。

「また出てきたら捕まえてあげるから」

と父は言いますが、私はカマドウマと部屋に残されるなんて、とても耐えられない

ので、

「捕まえるまで、部屋を出ないで！」

と目に涙をためて頼みます。そんな私を見て、父は仕方なく、その辺の物をどけたり、押入れの中を探したりして、大抵はちゃんと捕まえてくれるのでした。

父は、虫を見つけると、両手を丸くして、両方の手でふわっと包みこむように虫を捕まえます。そして雨戸を開けて、外に逃がしてやりました。蜘蛛でも殺したりしないで、必ず逃がしました。

「展子はどうして、そんなに虫が苦手なんだろうなあ」

「だって、気持ちわるいもん」

「だけど、虫は悪さしないよ。だいたい、お前の方が虫よりずっとずっと大きいんだから、虫の方からみたら、よっぽど怖いだろう」

父にそう言われても、私の虫嫌いは治りませんでした。

私が何故、これほど虫が苦手になったのか？　という話を父としたことがあります。

父が言うには、清瀬に住んでいた頃、私の友達が遊びにくると、祖母は必ずお菓子を出したそうです。子供たちはそのお菓子をポロポロとこぼすので、家のなかに蟻《あり》が列をなして入ってきます。すると、祖母はムキになって、ありんこ退治をするのです。

祖母が必死になって蟻をたたいている光景はたしかに覚えています。そんな場面をいつも見ていたので、虫が嫌いになったのではないか、と父は言いました。

それが理由かどうかは分かりませんが、今でも私の虫嫌いはつづいています。


東久留米時代の生き物にまつわる話では、オウムが雨戸に激突し、気絶して倒れていたこともありました。雨戸を閉めていたので、たぶん夕飯を食べ終わって、ゆっくりとしていたときだと思います。

突然、「ドスン!」とすごい音がしました。

驚いて、「なんだろう?」と、家族で顔を見合わせました。

父が雨戸を開けると、濡《ぬ》れ縁でオウムが横たわっていました。

何故、そんな夜に、オウムが飛んできたのかは分かりません。どこかの家から逃げ出したオウムが、迷い込んできたのかもしれません。オウムはピクリとも動きませんが、死んではいないようでした。

父の顔を覗き込んで、「お父さん、どうするの?」と聞くと、「このままにはしておけないだろう」と答え、母と何か相談していました。母がタオルと湯たんぽを持ってきて、倒れたオウムをタオルで包んで、湯たんぽで暖めてあげました。

私はそのうち眠くなり、寝てしまいました。

翌日、聞いてみると、オウムは無事に息を吹き返して、父が林の方へ逃がしてやると、飛んで行ったそうです。

リスが塀の上を歩いていたこともありました。驚いて、

「お父さん、お父さん、いまリスが歩いていったよ！　やっぱりここは自然が多いねえ」

と喜んで話すと、父は半分あきれながら笑って、

「いくらなんでも、野生のリスはいないだろう。誰かが飼っていたのが逃げたんだろう」

と言いました。確かにいま考えてみれば、そうだろうと思います。

そんな自然がいっぱいの東久留米の家に七年間暮らして、私が中学二年生の秋、わが家は大泉学園に引越しました。

母と娘の自転車特訓

母はどこへ行くにも、トットコトットコと歩いて出掛けます。自転車に乗れなかったからです。昔、自転車の練習をしていて、小さな池に前輪を突っ込んでしまって以来、怖くて練習をやめてしまったのだそうです。

私が中学二年生のある日、父と母と三人で話をしていて、母が自転車に乗れないのは不便ではないかという話になりました。父も普段は自分の足で歩くので、あまり自転車には乗りませんが、必要とあれば乗ることはできました。私はどこへ行くのにも自転車を使っていたので、自転車がいかに便利で楽かと母に話しました。

「お母さん、自転車に乗れるようになったら、買い物に行く時間も短くて済むし、荷物だって楽々だよ」

初めは必要ないと言っていた母も、だんだんにその気になってきました。そして、ついには練習を始めることになりました。

少し前に引越してきた大泉学園の家の近所では恥ずかしいと言うので、家から歩いて十分ほどの関越自動車道の下の道で練習することにしました。この道は、高速道路の下に沿って通っているのですが、途中から行き止まりになっているため、車はほとんど通りません。父と母と私の三人で、人気のなくなった夕方、練習場に向かいました。

その道に着くと、思惑どおり人の姿はありませんでした。

母が自転車にまたがり、父と私が後ろを押さえて支えます。

気合十分の母に、父が声をかけます。

「最初はスピードを出さなくて良いから。ゆっくり練習しよう」

「お母さん、がんばって！」

母だけが不安そうな顔で、後ろを振り返ります。

「じゃあ、行くから」

ヨロヨロと自転車が進み始めました。しかし、足を上げていざ漕《こ》ぎ出すと、ハンドルが大きくぶれて、後ろの父も支えきれずに、母は転んでしまいました。

「大丈夫か？」と父。

「お母さん、大丈夫？」

あわてて母の顔を見ると、母はバツのわるそうな顔をして、笑っていました。

「もう一度、やってみるわ」

しばらくは父もがんばって、母の後ろを支えていたのですが、さすがに疲れて、途中からは声の応援になりました。私も自分で母にすすめたにもかかわらず、「お母さん、また明日にすれば……」と音を上げる始末。それでも「もう少し、がんばってみる」との母の言葉に、「じゃあ、がんばるか」と、母に付き合って練習をつづけました。

そのうちに辺りは暗くなり、三人とも疲れ果てて家路につきました。

翌日、母の足には大きな青あざが沢山できていました。それを見て驚いた父は、

「もう、やめたほうがいいんじゃないか？　怪我《けが》したら大変だぞ」

と言ったのですが、母はがんばります。

「乗れるまで、練習するわ」と言う母に、「お母さん、根性あるね」と、父とふたりで呆《あき》れながらも応援することになりました。

その日もまた、練習に行きました。

そのうちに諦《あきら》めるだろうと思っていたのですが、母の練習は一週間続きました。父は仕事があるので毎日は付き合えませんでしたが、転んでも転んでも、母は根性で練

習をつづけ、しまいには自転車に乗れるようになりました。父もこれにはびっくりしていました。

しかし、母が買い物に自転車を使うことはありませんでした。母が言うには、練習していた道路は車が通らない場所でしたが、普通の道路は車や人が沢山いて、怖くて乗れないということでした。

「やっぱり、足で歩くのが一番安全だし、気が楽だわ」

母の言葉を聞いて、

「それがいい。お母さんに怪我されたら、お父さんがいちばん困るもんな」

と、父はひと安心したのでした。

母に自転車の特訓をしながら、私は、自分がはじめて自転車の練習をしたときのことを思い出しました。実は私の練習のときも、父はずいぶん苦労をしたのです。

それは、私が小学校に入った冬のことでした。

まだ清瀬に住んでいた頃で、都営住宅の前にあった畑のなかの一本道で練習をしました。

「お父さん、離さないでよ。絶対離したらだめだよ！」

教えてもらう私の方が威張っていました。

父は笑いながら、しかし厳しく、「もっと、真直《まっす》ぐ前を見て！」とか、「足をつかない！」とか、「もっと真剣にこげよ！」とか、大きな声をかけます。

友達が自転車に乗っているのは簡単そうに見えたのに、いざ自分で乗るとなると、うまくいきません。しまいには、ふくれっ面《つら》になって、「もう、出来ないよ」と泣きそうになる私に、

「何でも最初は大変なんだよ。だけど、それを乗り越えて続けていれば、いつかはうまくいくから」

と、父は言いました。

そんな父の言葉を聞きながらも、内心では、「出来ないものは、出来ない」と、半ば投げやりな気分で練習を続けました。

「さあ、もう一回！」という父の掛け声を受けても、「パパ、ぜったいに離さないでよ！」と情けない声を出す私に、「展子はおっかながりだからなあ」と、父は呆れていたと思います。

「さあ、暗くなるから、あと一回だ」

「パパ、パパー、ぜーったい離さないでよー」

これが最後と思って、自転車をこぎ出しました。

「展子、出来たじゃないか！」

父の声に、後ろを振り向くと、ニコニコ笑っている父が、追いかけて来ました。

「大丈夫、離さないから」と父は言いながらも、実はしっかりと手を離していたのでした。

それはそれは嬉《うれ》しかったです。父も、疲労困憊《こんぱい》した顔をくしゃくしゃにして、喜んでいました。

後年、私も息子に自転車の練習をさせて知ったのですが、子供用の自転車は小さいので、大人は常に中腰の状態で支えることになります。まして、運動音痴の私に教えるのですから、並大抵ではなかったでしょう。父の苦労も、人一倍だったろうと思うのです。

私の転機　父の一言

私の結婚式で（昭和63年）

人並みの人間に

私が小学生の頃から高校を卒業するくらいまで、父は折にふれて、子育てについてのエッセイを書いています。その頃、私自身は父の書いたものを読んでいなかったので、そこに書かれた父の考えを知ったのは、ずっと後になってからです。

私の中学生時代には、塾に通う子供が多くなっていました。そんな風潮のなかで、父は塾へ行かない子供を「未塾児」と呼び、同名のエッセイで、「私の家にも未塾児がいる」と書いています。

「まだ子供なのだから、子供らしく少しは遊ばせたいし、また嫁に行っても困らないように、掃除、洗濯、料理といったものもしつけたい」「塾にやって、子供が自分の時間を全部勉強にとられては困るのである。少しぐらい頭がよくなっても、嬉《うれ》しいとは思えない」

私にも思い当たる父の考え方です。でも、実際の躾《しつ》けは、ほとんど母の役割でした。

「人なみの人間に」というエッセイでは、「ごく普通の家の中のしつけも、うまくいったものやら、まずかったものやら」と心もとなさそうに書いていますが、さて今、私は父の考えたようになったのかどうか……。

子供時代は、たいして勉強もせずに、遊んでばかりいました。毎日遊び相手を探して、誰かしらと遊んでいたので、母に「今日も、友を訪ねて三千里？」などと笑われていました。しかし、そのおかげで友達には恵まれました。

掃除、洗濯、料理についても、まあまあ人並みには出来ていると自分では思っています。母が褒め上手で、夫や息子も料理を褒めてくれますが、実際には大した料理が作れるわけではありません。それでも「普通が一番」という父の口癖が、ここでも、私の支えになっています。

「家の中の掃除も出来ず、ご飯の支度も出来ず、三日で旦那《だんな》に追ん出されてくるようでは、親として困る」と父が心配していたような事態は、今のところ起こっていません。父母の躾けはまずまずうまく行き、そのおかげで、私は人並みの人間として世の中で生きていくことが出来ています。

高校生になった私のことも、「役に立つ言葉」というエッセイのなかで触れています。

「最近の高校生の服装というものは、制服を着換えると一種異様なものになる。親からみるとチンドン屋をまねているとしか見えないが、これが流行だと言われれば眼をつぶるしかない。しかし……」

ある時は、長いタイトなスカートにアロハシャツ、足元はヒールの高いサンダル履き、またある時は、自動車修理工場の作業着のようなつなぎ。例えばこれが、私が高校時代に着ていた私服でした。つなぎは女の子用の普通の洋服屋で買ったものですが、父には整備工の作業服と変わらなく見えたようです。女の子なのに男のような格好をしていると、露骨に嫌な顔で注意されました。

友達の間で流行《はや》っていて、みな同じような格好をしていたので、私はおかしいともなんとも感じていませんでした。「何が悪いの?」と反発して、父の注意も全く理解できませんでした。そのとき、父は困ったような顔をして、少年時代に世話になったN氏から聞かされた言葉を、私に話してくれました。

「世の中には事大主義というものがある。人間は中身さえ立派なら、外見はどうでもいいはずだが、じっさいには世間はなかなかそうは見てくれない。いい服を着ているひとを立派だと思い、いい家に住んでいるひとをえらいと思い、そうでない人間を軽く見るものだ。よくないことだが、人間がそういう見方をするものだと知っていると、大人になったときに役に立つから、おぼえておくとよい」

たしかに服の趣味は良くなかったかもしれません。周りの人がどう見ていたかと想像すると、赤面するしかありません。

「娘は納得して、どうにか見苦しくない恰好《かっこう》で出かけた」と父は書いていますが、父が言うN氏の言葉をほんとうに理解できたのは、大人になってからでした。

私の進路

高校受験を控えた中学三年の冬休み、その年の元旦《がんたん》は家族三人で、大泉学園駅近くの北野神社に初詣《はつもうで》に行きました。大泉天神とも呼ばれて、学問の神様、菅原道真《すがわらみちざね》を祀《まつ》った神社です。私は受験前の神頼みで、普段は十円位のお賽銭《さいせん》を奮発して百円にしました。受験生用の絵馬も書きました。

父は、私の成績について、普通であればいいと言っていました。私は中の上ぐらいの成績なので、放っておいても、どこかの高校には受かるだろうと楽観的に考えていたようです。成績はその程度でかまわない、身体が丈夫であればそれでいい、というのが父の考えでした。

小学生の時にはしばしば熱を出し、父や母を心配させましたが、成長するとともに体もどんどん丈夫になりました。父もほっとしていたのではないでしょうか。

高校の受験は、私立を何校か受けましたが、第一志望は都立でした。

入学試験は私立高校から始まり、都立高校は最後でした。都立の受験の前に、私立の試験がすべて終わり、結果も出ました。高望みをしなかったので、合格しました。しかし、都立の試験日の前日になって、私は急に怖気《おじけ》づいてしまいました。夜、みんなが寝静まってから、翌日の試験のことを考えると、眠れなくなってしまったのです。しばらく悶々《もんもん》としていましたが、たまらず自分の部屋を出て、階段を駆け降り、両親の寝ている部屋の戸を開けました。眠っていた父と母を起こし、ひと息にこう言ったのです。

「お父さん、お母さん、私を私立に行かせてください。都立高校の試験を受けるのは怖くて出来ません」

突然、暗がりで娘が泣きながら訴えてきたので、父も母もびっくりしました。起き上がって電気をつけてから、父は布団《ふとん》の上に胡坐《あぐら》をかき、髪を掻《か》き分けながら、まず、私の話を聞いてくれました。そして、私が試験に恐れをなしていることがわかると、

「私立に行くのは、それはそれでいいけれど、とりあえず試験を受けてみたらどうだ」

と言いました。隣で聞いていた母も言います。

「試験は落ちてもいいから、受けるだけは受けてみなさいよ。それで、もしも駄目だったら、その時はまた考えればいいんだから」

父の「私立に行くのはいい」という言葉と、母の「落ちてもいいから」という言葉で、私は少し気持ちが楽になって、「分かった。……じゃあ、受けてみる」と、試験を受けることにしたのでした。

結果は意外にも、合格でした。現金な私は、両親を起こして泣いて訴えたことなどけろりと忘れ、第一志望の都立高校へと入学したのでした。

私は小学校、中学校、高校とすべて公立学校で学ぶことになりました。特に公立にこだわった訳ではないのですが、「普通が一番」と言う父の考えから、必然的にそうなったように思います。

高校の三年間、クラブ活動は演劇部に所属しました。しかし、上がり性の私は、舞台に立ったのはたった一度だけで、あとは音響など裏方に徹していました。当時の同級生とは四半世紀たった今も親しくしていて、そんな親友と出会えたのも、あのとき両親が入学試験を受けるように諭してくれたおかげでした。

高校も三年になると、また進路を決めなくてはなりません。それまで、私のしたいことは何でもさせてくれた父でしたが、このとき初めて、私の希望する進路に反対しました。

高校を卒業したら劇団に入りたい、と言ったときのことです。演劇部に籍を置いて、高校の三年間に多くの劇団の舞台を観《み》てきた私は、すっかり演劇の魅力に取りつかれていて、将来は劇団に入り、演劇の道に進みたいと考えたのです。しかし、劇団の仕事を具体的に知っていた訳ではなく、あこがれる気持ちだけで言っていることを、父にはあっけなく見破られてしまいました。

「劇団は賛成出来ないな」

父が駄目と言うときの、きっぱりとした口調です。しかし、私も食い下がりました。

「なんで駄目なの」

「お前、劇団に入ったら地方公演とかがあるから、いろいろな所で暮らさなくてはならないんだぞ。そういうことが出来るのか?」

たしかに、家から出ることは考えていませんでした。頭のなかに思い描いていたのは、舞台の仕事をするということだけで、あちらこちらに旅公演をしながら他人と一緒に生活をするということには、まったく思い至りませんでした。内弁慶の私では、とても出来ないことです。

父の一言に、今までの考えが、ゆっくりと崩れていくのが分かりました。さすがに父は私の性格を知り尽くしているので、いちばん出来そうにないところを的確に判断した意見でした。反論するまでもなく、根性のない私は、「そうか……、それは考えていなかったよ」と意気消沈してしまいました。

劇団を諦《あきら》めた私は、次に百貨店への就職を希望しました。大学へ通うつもりはなく、早く世の中に出て社会人になりたい、そのためには、高校生のときのアルバイトの経験から、人と接する販売の仕事が自分には向いていると考えたのです。

今度は、父の反対は全くありませんでした。

そして、池袋の西武百貨店に就職が決まりました。

初めての給料が出たとき、今までの感謝の気持ちを込めて両親にプレゼントをしました。父にはパーカーの万年筆。執筆にパーカーの万年筆を使っていることを知っていたので、ペン先は中細で、インクはブルーブラック、と確認して買いに行きました。黒い軸に金色の縁取りのついたその万年筆を、父はずっと使ってくれました。

勤め始めた百貨店では、研修期間がおわってから書籍売り場に配属されました。

夏の終わりのある日、売り場で、井上ひさしさんの長篇小説『吉里吉里人《きりきりじん》』のサイン会が開かれることになりました。エスカレーターの脇《わき》にテーブルと椅子《いす》をセットしたサイン・コーナーが設置され、しばらくすると、井上ひさしさんがお見えになりました。

井上さんは父と同じ山形県の出身で、二人は付き合いがあります。私が小さいころに観ていたNHKテレビの『ひょっこりひょうたん島』が、井上ひさしさんの脚本と父から聞いていて、私は尊敬していました。しかし、それまで井上ひさしさんと実際に会ったことはなかったので、藤沢周平の娘が書籍売り場で働いていることは、きっと知らないだろうと思っていました。

サイン会の時間は、社員にとっては勤務時間中で、列に並ぶことはできません。それで、自分の名前を書いた紙を本に挟んでおいて、井上さんが控室に戻られてから、まとめてサインをしていただくことになっていました。

私も本を買い、「小菅展子」と書いた紙を挟んで、担当の人に依頼しました。仕事をしながらも、ときどき遠目でサイン会を眺めていました。やがて閉店時間になり、サインを頼んだ社員には、本が配られました。どんなサインかなと楽しみに表紙を開くと、そこには、

「小菅展子様

藤沢周平（小菅留治）様　　井上ひさし」

と書いてありました。バレていた！　驚くとともに、井上ひさしさんの粋《いき》なはからいに嬉しくなりました。家に帰って、父に早速、本を見せました。父も笑顔で、「よかったな」と言ってくれました。

花嫁の父

周りの環境もあったと思うのですが、私の仲良くしている友達は二人とも結婚が早く、二十二歳で結婚しました。友達が次々と結婚していくなか、私は長く付き合っていた人と別れてしまい、結婚のけの字も無い状態でした。

最近は結婚の平均年齢も高くなり、二十二歳は早い方ですが、私は幸せそうな友達の姿を見ているうちに、自分だけ残ってしまったような気がしていました。

父の口癖が「展子は、お嫁に行くのだから」でしたので、掃除洗濯料理などは一通りできるように躾《しつ》けられていました。しかし、肝心の相手がいないのですから、どうしようもありません。

別れたあと毎日鬱々《うつうつ》と過ごしている私を見るに見かねて、父は若かりし日の結婚を約束した女性との別離の体験を話して聞かせてくれました。そうして、振られた娘を慰めてくれたのです。

それまではデートに忙しく、家には遅くならないと帰らない毎日だったのですが、仕事からの帰宅時間も早くなり、毎日娘が家にいる状態に、父としては良いような、悪いような複雑な心境だったようです。

そんな日々がしばらく続き、いまの夫、遠藤正と知り合いました。年齢は私よりも学年で三つ下なので、初めて家に来て両親と対面したときの母の感想は「弟みたいね」でした。

夫は父と同じ血液型のB型で、身長も体型も父と似たようなものでした。そうした外見よりも何よりも、父と性格が似ていると思ったのです。今でも、父と似ていると ころがあるなと思うのですが、それは知り合った頃とは少し違って、歳《とし》を重ねるにしたがって、カタムチョ（庄内方言で、意固地・頑固）なところが似てきたようです。

私は、父の考え方に、時として意表をつかれることがありました。

夫と知り合ってから半年が経《た》ち、お互いの両親にも会い、婚約を済ませてからのことでしたが、その時に父から掛けられた言葉も思いがけないものでした。

当時、夫は一人暮らしをしていたので、私は自分の仕事が終わるといったん家に帰り、車を運転して夫のアパートに夕食をつくりに通っていました。仕事の営業時間の関係で、夫がアパートに帰宅するのはかなり遅い時間でした。ふたりで食事をして、片付けもすませ、それから私が家に向かうと、帰りつくのは深夜ということもありました。

ある日、いつものように夫のところへ出掛けようとする私に、父が声を掛けてきました。

「展子、あんまり遅くなるようだったら、泊まってきてもいいぞ」

「えっ！」

「だから、あまり遅くに車で帰ってくると危ないから、遅くなるときは正君のところに泊まってきなさい」

「いいの？　だったらそうするけど」

正直、父の発言には驚きました。遅くなっても帰って来なさい、というのが親の考えだと思っていたからです。

私が成人するまでは、わが家は門限に厳しかったのです。夜、そーっと家に帰ってくると、玄関で父が腰に手を当てて仁王《におう》立ちになって待ちかまえていました。その父の腕の下を「ごめんなさい」と言いながらかいくぐって、素早く二階の自室に駆け上がっていったものです。ですから、婚約しているとは言っても、父の方から泊まってきていいと言うとは思いもしませんでした。

父が毎晩遅く帰ってくる私を心配していたのだと、そのとき初めて知りました。なにより帰ることを優先していた私には、父が帰り道の事故の方を心配していたとは考えも及ばないことでした。

その後は、父の言葉に甘えて、遅くなるときには泊まることもありました。

父は、私が思いつかないような一歩先を、いつも考えている父親でした。

結婚式の前日には、嫁ぐ娘の「お父さん、お世話になりました」という挨拶《あいさつ》をするつもりで、いつ言おうか、どう言おうかと考えていました。しかし、それも私が言うより先に、

「お父さん、今まで育ててくれてありがとう、なんていうアホらしいことはやめてくれ」

と、先手を打たれてしまったのです。

「挨拶は基本」と言っていた父でしたが、時には例外もあるのでした。

結婚式当日、父親ゆずりの外面《そとづら》人間の私は、雛壇《ひなだん》に上がり、にこにこと笑みを浮かべていました。そんな私を見て、父は母に、「あの子はちょっと、にこにこし過ぎじゃないか」と、言っていたそうです。花嫁の父としては、多少おもしろくなかったの

でしょう。

披露宴で私の友達のYさん夫婦がうたう歌に不覚にも涙が出た、と父はエッセイに書いていますが、私にはそんな素振りすら見せませんでした。私は長いこと、娘が無事に嫁ぎ、ただほっとしているのだろうと思っていました。父のエッセイを読んで、親心は複雑だと改めて気づかされたのでした。

初孫の誕生

二十四歳で私が結婚をしてから、父に孫の顔を見せることが出来るまでに、およそ六年の歳月が経《た》ちました。

何故《なぜ》、こんなに時間がかかったかと言うと、夫が私よりも三歳年下で、結婚当初はまだ二十代前半、経済的にも余裕がなかったことと、もう一つ、私自身が父の三十六歳のときの子供だったので、早く子供を欲しいとは考えていなかったこともあります。

実は二十七歳のときに、そろそろ孫の顔でも……、と父に話したのですが、そのときは、

「二十八歳で子供を産むのはやめてくれ」

と言われてしまったのです。

私の生母が亡《な》くなったのが、私を産んだ直《す》ぐ後の二十八歳のときでしたので、母と同じ年齢で私が子供を産むことに、父には心理的抵抗があったのです。父がそう言う

のなら仕方がないと、二十八歳を過ぎてからの妊娠・出産となりました。

孫が出来たと伝えたのは、平成五年三月九日のことでした。その二十日ほど前に、私は三十歳の誕生日を迎えていました。

父に直接ではなく、母に電話で伝えました。父は母から聞いて、私が妊娠五週間で、胎児はまだ五ミリほどの大きさだと知りました。

「なにはともあれ、めでたいことだ」と、父は思ったそうです。そして、「自分たちにも子孫が出来るわけだ」と手帳に書き記しました。「孫」ではなく「子孫」という言い方に、孫の代から更に血筋が続いていくという、父の気持ちが表れているように感じます。

私は妊娠中に、家から歩いて五分ほどの石神井公園によく散歩に行きました。

その頃、石神井公園の池にワニが出ると、テレビのニュースで報道されていました。

「石神井公園には散歩に行かないほうがいいぞ。大きなお腹《なか》でワニにあったら、逃げられないからな」

と、大真面目《まじめ》な顔で父が言うのが可笑《おか》しくて、

「本当にワニなんているのかなあ」

と、私ははぐらかして、その後も公園に散歩に行っていました。ところが、あるとき蜂《はち》に追いかけられて、逃げても逃げてもまとわりついてくるのを、ようやく近くの図書館に逃げ込んで事なきを得たということがありました。ワニには遭遇しませんでしたが、それからは公園を散歩するのはやめました。最初から父の言うことを真面目に聞いていればよかった、と後悔しました。

私の体調はよく、お腹の子も順調でしたが、私の妊娠が分かって二カ月ほど経った五月頃から、母の体調が悪くなりました。

大学病院に行って診察を受け、検査をしてもらいましたが、結局、原因も病名も分からず、父も私たち夫婦もたいへん心配しました。その一カ月後に、K病院で改めて検査をして、数週間後にようやく母の病気が自己免疫《めんえき》疾患の難病だと分かりました。

母は七月半ば過ぎの曇り空のなか、父に付き添われて知人の車で入院しました。ふだん家の事はなんでも母がしていたので、母が入院となると何もできない父を心配した母は、私に父の身の回りの世話をするようにと言って、細かい指示を残していきました。

私は毎日実家に通って、父の食事や掃除洗濯をしました。夫の帰宅時間は遅く、自分の家にいても私も一人なので、実家に一人でいる父と一緒に夕食をとれば、お互いに安心できるのでした。

実家通いでよいこともありました。家にいても大してすることもなく楽をしていた私は、お腹の子供にかこつけて、すっかり太りすぎの妊婦になっていたのです。母の思わぬ入院で実家へ通うことになり、ちょうどよい運動になりました。とはいえ、お腹がだんだん大きくなるにつれて、自分の家に帰るのが億劫《おっくう》になり、夫婦そろって実家に泊まることも多くなりました。

母はやはり父のことが心配で、毎日、時には一日二回も病院から電話を掛けてきました。夕方、ちょうど夕飯を食べ終わった頃に、母から電話が入ります。父が出て、その日の出来事などを報告する一方、母の様子を聞いて一安心するのが日課となりました。

母には申し訳ないことに、私は父の世話と自分のことで精一杯で、母を見舞いに行く余裕がなかなかありませんでした。しかし、そんなことは母はお見通しで、「お母さんのことよりも、お父さんの面倒をきちんと見てくれれば、お見舞いには来なくてよいから」と言って入院したのです。それでも母が恋しくなり、大きなお腹で会いに行くこともありました。

この間、私の病院の定期健診もあり、エコーで見た赤ちゃんの様子を、「顔がまん丸だったよ」とか「手足をたくさん動かしていたよ」とか、父に報告していました。父の反応は「ああ」とか「うう」とかいう素っ気ないもので、私としては話す張り合いがありませんでした。そんな私の気持ちを、父は「やっぱり、お母さんと話したいんだろう」と見抜いていました。

母は約二カ月で、ようやく退院となりました。はた目には、以前の元気を取り戻したように見えても、この病気は現在の医学では完治は難しく、上手に病気と付き合っていくしかないということでした。

母が退院したとき、「お母さんにばっかり頼ってもいられないな」と父が言うので、私も「そうだよ」と答え、母が無理をしないですむように気遣っていましたが、しばらくするとやはり母頼みの生活に戻ってしまいました。

母の退院からまた二カ月が経ち、十一月に入ると、出産の予定日が近づいてきました。

予定日より二日まえの明け方、突然に大量の出血があり、私は目が覚めました。驚いて病院に電話をかけると、すぐに入院ということになったのです。

その日、夫は父に電話を入れて、入院したことを伝え、何かあったら直ぐ病院に駆けつけるという手筈《てはず》にしていたそうです。父は気懸かりに思いながらも、その日もいつもどおり散歩に出かけましたが、気持ちが落ち着かずに同じコースを二回もまわってしまったと、あとで聞きました。

翌日には心配した母が、自分の毎月の検診の帰りに、私の病院に寄ってくれました。ちょうどその時、私が陣痛で痛がっているところに遭遇しました。母が般若心経《はんにゃしんぎょう》を唱えながら、私のお腹をなぜてくれると、なぜか落ち着いて、痛さにも我慢できるような気がしました。

母が病院を出てしばらくして、私たち夫婦にとっては長男、父母にとっては初孫が生まれたのです。朝から一日、落ち着かなかった父も、ようやく安心しました。

翌日、生まれたばかりの孫に会いに、父母はさっそく病院に来てくれました。夫が両親を車で迎えに行った実家で、生まれて直ぐに撮ったビデオの赤ちゃんを見て、父はずいぶん大きな子だと思ったそうです。しかし、実際に病院で見たら、やはり小さく、いじらしく感じたと言っていました。

生まれた子供には、父のペンネームから一字をもらい、浩平《こうへい》と名付けました。

この年、平成五年（一九九三年）は、私の妊娠・出産と母の入院で、父にとっては大変な一年でした。しかし、その間も仕事は休むことなく、新年号から開始した『漆の実のみのる国』の連載と、刊行中だった『藤沢周平全集』の月報に自伝エッセイ（後に『半生の記』と題する）の連載を続けました。

孫への童話

クマがのっこのっこと歩いていました。

浩平がとっことっこと歩いていました。

浩平はクマを見て、「およよ」と言いました。

クマはびっくりしてのっこらのっこらとにげて行きました。


おじいちゃんになった父が、孫のために作ったお話です。

言葉遊びのようにリズムがたのしく、小さい子供にも分かりやすく、文章も短いので、もう少しで二歳になる孫の浩平は大そう喜びました。

これが第一話で、第二話もあります。私の手帳の平成七年（一九九五年）八月二十七日のページに、「じいちゃん作」として記録されています。

第二話

アヒルはガーガーとなきました。

ウシはモーとなきました。

ヤギはメーとなきました。

浩平はエーンエーンとなきました。


（おわり）


子供は泣くのが仕事だからと言っていた、いかにも父らしいお話だと思います。

浩平は父にとても懐《なつ》いていました。二人で仲良く写っている写真が何枚もあります。父に抱っこをされ、見つめあっている写真や、一緒にお菓子を食べている写真からは、ほのぼのとした空気が伝わってきます。

私が浩平を連れて実家へ遊びに行くと、たいがい父は仕事中ですが、一段落すると、二階の仕事場から一階へ降りてきて、浩平の相手をしていました。

画用紙にクレヨンを持って、よく自動車の絵を描いてくれました。消防車、救急車、トラック等々。

「ピーポ（救急車のこと）だね」とか「ウーカン（消防車のこと）だね」とか、浩平は、父の横にぴたっと座って、話しかけています。

「そうだよ。これは救急車だよ」「こっちは消防車だ」などと、父も答えています。

そんな二人の様子を隣の部屋から眺めながら、「お父さん、絵うまいねえ」と声をかけると、父は「そうだろう」と満足そうな顔をしました。

作家・藤沢周平

直木賞授賞会場での父母と私（昭和48年）

直木賞受賞の前後

父は昭和四十八年（一九七三年）七月に、『暗殺の年輪』で直木賞をいただきました。サラリーマンの仕事と小説の執筆との、二足のわらじ生活はその数年前から始まっていました。昭和四十六年には、オール讀物新人賞を『溟《くら》い海』で受賞し、その作品が直木賞の候補にもなったので、原稿の注文もあったようです。続いて『囮《おとり》』『黒い縄』の二作が直木賞の候補となりましたが、いずれも落選して、『暗殺の年輪』での受賞は四度目の正直でした。

このとき私は小学校五年生でしたから、右のような事情を知っていた訳ではありません。

初めて父の小説を読んだのは、十代の終わり頃でした。『橋ものがたり』や『暗殺の年輪』から読み始め、おもしろいと思ったので、その後は次々と読みました。しかし、父・小菅留治ではなく、作家・藤沢周平をつよく意識するようになったのは、父が亡《な》くなってから後のことです。

父の年譜を読むと、私が生まれる少し前から、父は、新聞や雑誌が募集する文学賞に応募しています。平成十八年に「発掘！　幻の短編」として話題になった最初期の小説十四篇も、私が生まれて生母が亡くなった昭和三十八年に、そのうちの九本が集中的に雑誌に掲載されています。

業界紙の編集者をしながら小説を投稿していた無名時代の十年ほどを経て、父は『暗殺の年輪』が掲載されたころには、会社勤めのかたわら作家活動をするならば、会社の仕事も今まで以上に頑張らなくてはいけない、と考えていました。小説執筆のために、業界紙の仕事がおろそかになってはいけない、小説だけを仕事とすることにまだ踏み切れない以上、生活の中心はあくまでも会社の仕事と考えたのです。しかし、会社勤めをしながら小説を書くのは大変なことでした。

その頃の父は、休日にはいつも原稿用紙に向かっていました。会社から帰ってきてから書くこともあります。父が小説を書くときには、母はお茶の支度をし、私は座布《ざぶ》団《とん》を用意します。そして、父が執筆に集中し始めると、その横で母と私は正座して、図書館で借りてきた本を読みます。まるでそれが日課のようになっていました。書斎はおろか独立した部屋もなかったわけで、本当にやりたいことはどんな環境でもできるということを、身をもって教えられたように思います。

父自身は『暗殺の年輪』はあまり受賞の望みがないと考えていました。それまで三回、候補にあげられる度に直木賞は受賞作ナシだったので、父が候補になると該当作ナシという結果になるのではないかと、その時の心境を「ハタ迷惑なジンクス」というエッセイで語っています。

『暗殺の年輪』が「オール讀物」昭和四十八年三月号に掲載されたあと、三月の末から五月初めまでの約一カ月で、父は『又蔵の火』を書き上げていました。それで、「出発点だった受賞」というエッセイには、こんなことも書かれていました。

直木賞の候補作は『暗殺の年輪』ではなく『又蔵の火』の方がよいのではないかと考え、その気持ちを正直に担当編集者のNさんに伝えると、Nさんに、候補に上がるのは得がたいチャンスで、それは了見違いだと言われ、父はいつの間にか自分が傲慢《ごうまん》な人間になっていることに気づき、恥ずかしく思ったと。

自分を省みるこの父の姿勢は、常に子育てにも反映されていました。間違いのない人間はいない。けれど間違いに気づいたら、きちんと反省をしなければいけない。父から直接そのようにお説教された記憶はないのですが、私が何度も壁にぶつかる度に父から聞かされた話には、そんなメッセージが含まれていました。父自身がいくつになっても心がけていたことなので、私の心にも響いたのだと思います。

昭和四十八年七月十七日、父の予想に反して、『暗殺の年輪』の直木賞受賞が決まりました。翌八月の授賞式には十歳の私も、母と一緒に招んでいただきました。父は背広の胸に大きな造花の飾りをつけて、家にいるときの父とは雰囲気がちがい、緊張している様子でした。横には、にこやかな顔をした母が寄り添っていました。パーティー会場には芥川《あくたがわ》賞の受賞者だった三木卓さんのお嬢さんもいて、一緒に会場を歩き回っていました。周りは大人ばかりでしたので、他に子供がいたのは私にとってありがたいことでした。

直木賞受賞後は小説の仕事が増えたばかりでなく、グラビアの撮影、インタビューや色紙の依頼など新たな仕事もあり、超多忙な日々でした。

徹夜になる日も多く、私が寝る頃に父は仕事を始め、夜中に目をさますと、父の部屋には灯りがついていました。徹夜明けでも、朝には電車に揺られて、東久留米から新橋の会社まで出勤しなくてはならないのですから、もともと身体《からだ》の細い父には、かなりきつい毎日だったと思います。

翌年、十月二十五日、父は十五年間勤めた日本食品経済社を退社しました。

小説を書く仕事だけで生活が成り立つか、先行きはまったく分からない状態でしたが、父には心強い味方がいました。それは母です。母は結婚まえ、事務仕事をしていて心得があったので、万が一食べていかれない状態になった時には、自分が働けばよいと考えていました。幸いそういった事態にはならずにすみました。むしろ、母のその事務処理能力は、父の秘書として発揮されることになったのです。

それから毎日、父が家にいる生活が始まりました。まだ小学生だった私への影響を考えて、父は朝は必ず私より先に起きて、一緒に朝食をとりました。私は学校へ行き、授業を終えて家に帰ると、父が家にいます。

それがいつの間にか、私にとっては普通の生活となり、馴染《なじ》んでいったのでした。通勤がないだけで、父は毎日、二階の仕事部屋でコツコツと仕事をしていました。

父のスケジュール

父が会社を辞めて文筆に専念することになってから、私は、父の仕事をしている姿を見て育ちました。父は長期の休暇をとることはなく、毎日、規則正しく生活をし、仕事も淡々とすすめていました。思うように仕事がはかどらなかったり、仕上がりに多少の不満が残ったり、締切が重なったり、ということもあったと思いますが、家族の前では、原稿の出来で態度が変わることはありませんでした。

父の後ろ姿を見てはいたものの、どのように仕事をしていたかは、まったく知りませんでした。父の遺品の中に、仕事のスケジュールを書いたカレンダーがあります。昭和五十一年（一九七六年）の一年間、父の仕事がどのようなものだったのか、この父のスケジュール表などを手がかりに追ってみました。

昭和四十八年、四十五歳のときに『暗殺の年輪』で直木賞をいただき、その翌年、食品業界新聞の会社を退職して、本格的に小説を書き始めてから三年が経《た》っていました。この年の十一月には、東久留米から大泉学園に転居しています。
父は、二月と五月に、長野県柏原に出掛けています。『一茶』の取材のためです。九月には『春秋山伏記』の執筆準備で、鶴岡へ取材に行っています。十一月にも帰郷して、小中学校校長会で講演をしています。講演は苦手と言っていましたが、郷里で、しかも校長会では、教師の経験もある父には断れなかったのでしょう。当時はまだ、持病となる肝炎も発症していなかったので、体調も悪くはなく、一年の間に四度の旅に出ているのです。

一月九日　義民　八、九回渡す
一月二十日　歴史小説　八十枚
一月二十五日　問題小説　三十枚　歴史締切
一月三十一日　現代　三十枚
（オール　五十枚）
この間、編集者との打ち合わせが四件

新年元旦《がんたん》は、朝、お雑煮を食べて、そのあと家族三人そろって初詣《はつもうで》に出かけます。

毎年の恒例行事です。元日だけは、父は仕事を休みます。
正月といっても、わが家は、初詣以外にどこかへ出かけることもありません。私は中学一年生でしたので、お年玉を父からもらって、いつもどおり過ごしていたと思います。

スケジュールに「義民」とあるのは『義民が駆ける』で、前の年から「歴史と人物」で連載をしています。「歴史小説」は、おそらく雑誌「小説歴史」で、作品は『闇《やみ》の顔』でしょう。「現代」とは「小説現代」で『雪明かり』。この短篇はのちに映画『隠し剣　鬼の爪《つめ》』の原作の一つとなりました。「問題小説」と「オール讀物」の原稿渡しは、二月に持ち越しています。

二月三日　　問題　渡し
二月六日　　オール　渡し
二月十二日　文春「諸君」エセー　六枚　意見をいれたもの
二月二十日　別冊小説新潮　五十枚　捕物帖《とりものちょう》
二月二十三日　長野一泊旅行
二月二十四日　五時帰宅

二月二十九日　光文社　五十枚～六十枚

長野旅行は前に触れた柏原行。この月、九日には「坂田九段と囲碁」とあります。父の趣味である囲碁で、プロと対局する機会に恵まれて、嬉《うれ》しかったのではないかと想像します。父の囲碁は、普段の穏やかに見える性格とは違って攻める囲碁だったと、会社勤め時代の同僚の方が語っておられるのを読んだことがあります。本質的にカタムチョ（意固地・頑固）なので、囲碁ではその性格が出たのではないかなと思います。「諸君」エセー六枚とあるのは、「人並みの人間に」の章で書いた「未塾児」のことで、中学生の私のことに触れています。

「問題」は「問題小説」で、短篇『拐《かどわか》し』、「オール」は「オール讀物」連載の『歌麿《うたまろ》おんな絵暦』（単行本で『喜多川歌麿女絵草紙』と改題）の最終回。「別冊小説新潮」の捕物帖は『神隠し』、光文社は三月一日に繰り越している「小説宝石」で、短篇『閉ざされた口』。

三月一日　　朝日　エセー　三枚半（週刊誌）
　　　　　　小説宝石　五十枚～六十枚

三月四日　　　義民最終回　四十枚
三月八日　　　新潮五月号　五十枚　連作のIでもよし
三月十日　　　小説推理　五十枚　神谷玄次郎
　　　　　　　（義民完）
三月十二日　　「うえの」　三枚半「わがふるさと」
三月十五日　　日経随筆　二枚半　交遊抄《しよう》
三月二十九日　双葉社P（ただし晴天の場合）
三月三十日　　睡眠十分前—四〇〇字二枚

この月の前半は仕事が集中しています。その間に打ち合わせ、ゲラのチェック等もあり、休むひまもない様子がうかがえます。

母の話では、小説を書き始めた頃には、出版社からの電話は直《す》ぐに父に代わっていたのですが、父が編集者の方と話をすると戴《いただ》いた仕事はすべて受けてしまい、その結果、スケジュール調整が大変になってしまうので、途中から仕事の依頼は母が受け、それから父と電話を代わるようにしたそうです。外面《そとづら》のよい父らしく、頼まれると嫌と言えない性格なので、断る役目は母が引き受けていました。

「義民」（『義民が駆ける』）の最終回は、結局この月には果たせず、完結は翌四月渡しの六月号でした。「小説新潮」五月号、「連作のIでもよし」とは、この年の九月号から始まる『用心棒日月抄』連作の第一回のことと思われますが、ここでは独立した短篇『小川の辺《ほとり》』を書きました。神谷玄次郎のシリーズは『春の闇』で、この連作は前の年から断続的な連載を開始して、完結まで五年かかっています。スケジュール表には欠けていますが、「週刊小説」三月十九日号から『橋ものがたり』の断続連載も始まりました。

「二十九日　双葉社P」とは、（一）の注記から写真（PHOTO）撮影と思われます。

四月四日　　義民　四十枚　最終回完
四月六日　　「室内」随筆発送
四月十日　　橋ものがたり　二回目　四十五枚
四月十四日　アカハタ書評　八百字
四月十五日　週刊小説　四十五枚
四月二十三日　アカハタ　三枚随筆
四月二十八日　問題小説　四十〜五十枚

四月二十九日　別冊文春　五十枚

十日の「橋ものがたり」と十五日の「週刊小説」は同一事項。十五日が締切で十日に執筆を予定していた、ということでしょうか。「問題小説」は『木綿触れ』、「別冊文藝春秋《ぶんげいしゅんじゅう》」は『闇の穴』。

五月六日　長野取材旅行予定（二泊）
五月十二日　立風　ゲラ渡し
五月三十一日　現代　三百枚
　週刊小説　四十五枚

この月は、『一茶』の二度目の取材旅行と、「小説現代」三百枚（『狐《きつね》はたそがれに踊る』、単行本で『闇の歯車』と改題）にかかりきりの月でした。五月のゴールデンウィークの連休は父には関係なく、家族旅行というものも中学高校時代の私には無縁でした。

「立風」は、七月、八月と続けて二冊の短篇集『竹光始末《たけみつしまつ》』『時雨《しぐれ》のあと』を刊行した立風書房で、単行本の著者校正ゲラを渡しています。

六月八日　週刊小説　四十五枚
　　　　中公　あとがき　三～三・五枚
六月十五日　日本農業新聞　エッセー　四枚
六月二十四日　推理　三枚　随筆
六月二十六日　湯田川小学校記念文
六月三十日　オール讀物　五十枚
　　　　新潮　五十枚
　　　　問題　三十～四十枚
　　　　学研　清川八郎について（ミステリアスな人物）
　　　　小説宝石　三十枚？

「中公　あとがき」は九月刊の『義民が駆ける』の「あとがき」です。
「小説新潮」五十枚が、九月号から始まる『用心棒日月抄』の連載第一回。父はこの作品を「転機の作物」と言い、自分の作風が暗い色合いのものから明るく救いのあるものに変わってきて、小説の方法としてのユーモアを自覚したのもこの作品あたりからだ、と書いています。

「オール讀物」五十枚も、新連載のスタートです。十月号から〈隠し剣シリーズ〉が始まります。同時に二本の新連載原稿はきつく、実際の締切りは、ずれたのではないでしょうか。「問題小説」と「小説宝石」は、それぞれ短篇『狂気』と『荒れ野』。

七月六日　週刊ポスト　碁会
七月十九日　食品経済社
七月二十日　家の光
七月二十一日　学芸通信
八月十五日　週刊小説　四十五枚
八月十七日　東京文化　みちくさ　六百字
八月二十日　グラフ山形　七・五枚
八月二十四日　アニマ　四・五枚
八月三十日　出羽三山　十枚（山形新聞）

八月三十一日　新潮　六十枚
家の光　通しのタイトル

八月に、「グラフ山形」という父の郷里の雑誌の名前が初めて登場します。その九月号からエッセイ〈周平独言〉の連載を始めますが、その第一回の冒頭に、連載することになった経緯が書かれていました。七月二十一日に学芸通信の人と東久留米の喫茶店で会い、帰りみちに本屋を二軒のぞいて家に帰ると、「東北出版企画から速達がとどいていた。グラフ山形に随筆を書けという注文である」。しかし、予定を調べてみると今年は予定がいっぱいで書く余地がない。注文が多くて困るということではなく、執筆量が一カ月に百五十枚位だからです。しかし父は、その雑誌に連載することで郷里の人への挨拶《あいさつ》代わりになると思い、引き受ける気持ちになったと書いています。「グラフ山形」八月創刊号に、鶴岡に近い三瀬《さんぜ》を舞台にした短篇小説『三年目』を発表し、その翌月からのエッセイ連載です。第一回は「ある伝記のこと」。その後、断続的ではありますが、「郷里の人への挨拶代わり」は、昭和五十四年八月号まで三年間も続きました。そのほとんどは後に、エッセイ集『周平独言』に収められました。七月二十一日の学芸通信は、翌年二月から地方紙に連載を始める『回天の門』の打合せと思われます。また、八月三十一日の「家の光　通しのタイトル」とは、やはり翌年の新年号から連載を始める『春秋山伏記』のタイトル決定の時期だったのでしょう。

九月四日　平凡社アニマ（四・五枚）　鳥の話
九月七日　現代　エッセー　四枚
九月十一日　帰郷→山伏取材
九月十五日　帰京
九月十九日　グラフ山形　七・五枚
九月二十日　歴史読本　四十〜四十五枚　お家騒動
九月二十四日　週刊小説　四十五枚
九月二十九日　中公　随筆（随筆シオリ分）八枚
九月三十日　オール　五十枚
　家の光　三百字

十一日、『春秋山伏記』の取材のために、郷里・鶴岡へ五日間の旅に出ました。当時、まだ山形新幹線はもちろん上越新幹線もなく、上野から高崎線、上越線、羽越線経由の長旅でした。
「歴史読本」は「お家騒動」と注記にあるとおり、荘内藩の世継ぎをめぐる争いを描いた『長門守《ながとのかみ》の陰謀』で、十二月号の掲載。「中公　随筆」は、三田村鳶魚《えんぎよ》編『未刊随筆百種』（4）の月報への寄稿です。

十月十日　中公　十八枚　鳥居元忠《もとただ》と伏見城
十月十二日　現代　校正（題も）
十月十五日　グラフ山形　八枚
十月三十一日　新潮　六十枚

「現代」の校正は、「別冊小説現代」新秋号で、五月末日締切りだった三百枚の一挙掲載。「題も」という書込みに、タイトルが決まらず苦労した様子がうかがわれます。五月のところに書いたように、雑誌掲載時の題名は、単行本で刊行するとき、変更になりました。

十一月四日　文春　エセー　五百字
十一月八日　アカハタ（三百字）
十一月九日　一茶　四百枚（別冊文春）　十一月末に延期（発表は三月号）
　　　　　東北出版　七・五枚　エセー
十一月十日　家の光　締切　（三十×二）×六　山伏
十一月十六日　アカハタ　四枚ぐらいの随筆　方言について、など。山伏でもよい。
十一月十七日　週刊小説　四十五枚
十一月二十日　（引越し）
十一月二十五日　上野発
十一月三十日　帰京

この月、私たち一家は東久留米の家から、同じ西武沿線の大泉学園に引越しました。「一茶　四百枚」とあるのは、この時点で『一茶』は一挙掲載と考えていたからでしょう。もともと書き下ろしで依頼された作品で、筆が進まないのにしびれを切らした担当編集者が締切りのある雑誌発表に変更して、結局は四回の連載で翌年完成しました。

「家の光」の「(三十×二)×六」という書込みからは、『春秋山伏記』の連載を、一回三十枚、二回分で一章として、全六章仕立てと考えていたことがうかがわれます。実際には全五章で、第四章、第五章はそれぞれ連載三回分が一章となりました。九日の「東北出版」は、東北出版企画で、「グラフ山形」の版元です。

十二月三日　囲碁　ＰＭ二時（市ヶ谷日本棋院）
十二月四日　小説宝石　六十枚
十二月十日　家の光　三十枚
十二月十五日　エコー　随筆　十二枚
　　　　　　東北出版　七・五枚
十二月十六日　文春　随筆　二枚前後
十二月十七日　問題小説　Ｐ取りくる
十二月二十日　グラフ山形　七・五枚
十二月二十二日　新潮　三十枚――四月号のもの
十二月二十四日　オール　五十枚　〆切　秘剣もの
十二月二十五日　新潮　六十枚（三月初めに延期）　日月抄　夜たか

十二月三十一日　小説現代　五十枚　市井物《しせい》

十二月二十六日は父の誕生日です。スケジュールに記入はされていませんでしたが、毎年この日の夜には、父の誕生日を家族で祝いました。

この年、二つの連載小説（『喜多川歌麿女絵草紙』『義民が駆ける』）を完結し、三つの連載（『橋ものがたり』『用心棒日月抄』『隠し剣』シリーズ）を開始し、継続中の連載（『神谷玄次郎捕物控』）もありました。さらに三つの長篇小説（『春秋山伏記』『回天の門』『一茶』）を準備していて、翌年早々には連載を始めています。ほかに一挙掲載の長篇（『闇の歯車』）もあり、長篇小説一冊（『義民が駆ける』）と短篇小説集五冊（『冤《えん》罪《ざい》』『暁のひかり』『逆軍の旗』『竹光始末』『時雨のあと』）を刊行しています。ほんとうに充実した一年でした。

この一年間に書いた原稿の枚数をざっと計算すると、二千三百枚近くになり、一カ月平均は百九十枚です。父自身が八月に、一カ月に百五十枚位の執筆量と書いていて、それは身体《からだ》の具合を考えるとその程度には抑えたいということでしたが、終わってみれば、予定をかなり上回る仕事量になっていたのでした。

私はこのとき中学生で、うちの家族は出不精で何処《どこ》にも出かけないなあと不満も感じていたのですが、この仕事の量では仕方なかったかもしれません。

こうして一年間をたどってみて、改めて、職人・藤沢周平だった父を実感します。家事一切に加えて、原稿を編集の人に渡すまえに、すべてチェックしていた母も大変だったろうと思いました。

一度だけの口述筆記

父の原稿は、すべて手書きでした。原稿用紙はどこの文房具店でも売っているコクヨのもので、筆記具は万年筆でした。

書きすすめるうちに構想が変わったりした場合には、書きかけの原稿はそこまでとなり、さかのぼって途中から書き直すことになります。そんなわけで、父が小説家として仕事を始めた頃には、原稿が出来上がるまでに、かなりの書き損じが出ました。

書き損じの原稿用紙の裏は真っ白で、捨てるのはもったいないので、小学生くらいまでの私はその紙を貰《もら》って、裏に絵を描いたりして遊びました。父の原稿執筆の調子が良いときには、書き損じも少なく、調子が悪いときには、たくさんの紙をもらえました。

仕事を始めてしばらくすると、「展子、これ使っていいぞ」と父がまとめて手渡してくれます。それを貰って、私は真っ白な裏面に思う存分、女の子の絵などを描いていました。「展子は絵が上手だからな」と父が褒めるので、小学生時代の私はすっかりその気になって、漫画家になろうかと思ったほどでした。

父の小説の書き方は、およその構想をまず考えて、特にノートを作ったりはせずに、頭の中にある話の展開を、直接、原稿用紙に書き始める、と言っていました。父の没後、遺品の整理を始めた私は、父の小説作法がまさにその言葉どおりだったと確信しました。

残されたもののなかに、その時々に思いついたことを書いた小さなメモは何枚もあるのですが、創作ノートのようなものは殆《ほとん》どありませんでした。数冊ある大学ノートも、初めの一、二ページはなにか書いてあるのですが、後は白紙でした。書き損じ原稿の裏は、父も活用していて、びっしりとメモが書かれているものもありました。しかし、それらを見てもやはり、父の構想はすべて父の頭の引出しにしまってあって、父にしか分からないのでした。

父は体調の良いときも悪いときも、決められた締切は守り、原稿用紙をひと桝《ます》ずつ埋めていきました。しかし、一度だけ、エッセイの締切が迫っていたときに風邪を引いて、どうにもならずに母に口述筆記を頼んだことがあったそうです。大泉学園時代なので、昭和五十一年（一九七六年）からのことですが、いつだったのか、何というタイトルだったのかは、母も覚えていませんでした。当時の原稿も、戻ってきていません。

母の記憶によると、父がふだん昼寝をする二階の西側の六畳に薄い掛け布団《ぶとん》をかけて寝ていて、その横で、母は父の話す言葉を原稿用紙に書き取っていったそうです。薄い掛け布団ですから、恐らく寒い時期ではなかったと思います。

母は父の口述をいざ原稿用紙に書き始めてみると、どんな字を使うのか、句読点はどこに打てばよいのか、段落はどうするのか、分からないことが次々と出てきて、つくづく原稿を書くのは大変だと実感したそうです。

ふだん母は、父が原稿を書き終わると、すべて目を通して、誤字脱字のチェックをしていました。父の原稿をいつも読んでいた母でも、口述筆記は難しかったと言います。それでもなんとか原稿にきちんと纏《まと》めて、無事に締切には間に合わせました。

その後は幸いなことに、父に口述筆記を頼まれるような、非常事態になることはなかったということです。

小説と方言

仕事部屋で原稿を書いていたり、江戸の古地図を見ていたり、あるいは調べ物をしている父の姿はよく目にしていましたが、私の知らない仕事がまだまだあったことを、父の本棚を見ていて気づきました。

父が書いた原稿は雑誌に発表されることが多かったのですが、雑誌が出るまえに、原稿は活字化され、仮に印刷されたゲラというものになって、父のもとへ届けられます。そのゲラに書き足したり、間違いを直したりして、雑誌への掲載となります。

雑誌に発表されたものは、長篇であれば連載を完結させたあとに、短篇であれば何篇かの小説を集めて、一冊の本になります。本にまとめるときにも、またゲラを確認する作業を行います。そこでも、加筆したり修正したりするのです。こうして一冊の本になって、三年ほど経《た》つと、今度は文庫本になって出版されます。

私が知らなかった父の仕事とは、本になったら仕事は終わりだとばかり思っていたのですが、父は単行本になった後も、文庫本になった後も、何度も自分の小説を読み返して、赤字を入れていました。

父の本棚には付箋《ふせん》を貼《は》り、書き込みのある本が何冊もあります。多いものは十数ページも付箋が貼ってあります。ただ単に誤植を直しているだけではなく、表現を少し変えたり、書き足したりしているのです。本を出したらそれで終わりと思っていたのは間違いで、父は本が出版されてからも、その小説がさらに良くなるように手を入れていたのでした。

ことに印象深いのは『春秋山伏記』です。父の郷里に近い出羽三山の羽黒山からやって来た山伏と、村人との交流を描く小説です。

この作品の最初の単行本は、昭和五十三年二月に家の光協会から出版されました。昭和五十九年には新潮文庫で文庫本になっています。

家の光協会から出た単行本を見ると、方言の会話が、やや標準語に近いものと庄内弁そのものの部分と両方あります。しかし、父の本棚にあった初版の単行本には、たくさんの付箋がはられていて、一つ一つ、よりはっきりとした庄内弁に直されていました。

例えば、「権蔵が怪我《けが》したらしいと聞いたさげ、見に来たのだが。入っていいか」

となっていた会話は、「……見サ来たども。入っていいか」と変えていました。

さらに、「お前は広太という男の恐ろしさを知らねようだの」が、「お前は広太の怖《おっ》かなさを知らねようだの」というように、方言がより忠実に再現されています。他にも、

「うちのだだは……」が、「おら家《え》のだだでば……」

「そうだろ」が、「んだろ」

「ちがうで、兄《あん》ちゃ」は、「ちがうでば、兄《あん》ちゃ」

「日が暮れるまでの勝負ですな」は、「日が暮れるまでの勝負ですの」

「ま、そんなことより一杯どうだ」が、「ま、そげだごどより一杯どうだ」

「ここにはいない」が、「ここさはいね」

「ここに来ないで、どこに行ったのだろ」が、「ここさ来ねで、どこさ行ったなだろ」

等々。

私は、鶴岡の田舎から出てきた祖母と長く一緒に暮らしていたので、どれも聞き覚えのある言葉で、父が直した言葉の方に、より親近感がわきます。

こうした修正が加わって、新潮文庫版『春秋山伏記』は、いっそう「方言（荘内弁）にこだわった」（「あとがき」）小説に変わっていました。

しかし、どれだけ注意を払っても、見落としはあるようで、文庫本になっても父のチェックは続き、さらに数箇所に付箋が貼られ、書き換えられています。

「……会って見る」は、「見でみる」

「こげだ明りいうちから家サ帰ったら」は、「こげだ明りいうづから家サ帰ったら」

「納屋《なや》を少しこわすかも知ねども」は、「納屋を少しぼっこすかも知ねども」

たった一文字違うだけでも印象が変わります。父の貼った沢山の付箋を見て、父のことばを大切にする心を垣間見《かいまみ》たような気がしました。

父はふだん庄内方言を口にすることはありませんでしたが、鶴岡の知人から電話がかかってきたりすると、とたんに庄内弁になりました。イントネーションが変わり、声も大きくなります。それで、「いくら庄内が遠くても、そんな大きな声出さなくても聞こえるわよ」と、母に言われていました。

方言については、また別の苦労があったことを、母に聞きました。

『用心棒日月抄』は忠臣蔵がストーリーの背後にある作品ですが、その第八話「内蔵《くらの》助《すけ》の宿」に、父と母のちょっとした思い出があるというのです。

主人公の青江又八郎が用心棒に行った先で、出迎えた山本長左衛門から警護を頼まれた相手は大石内蔵助ではないか、と又八郎は考えます。山本が、大石の変名と思われる垣見《かけひ》五郎兵衛に又八郎を引き合わせる場面で、垣見はやわらかい上方言葉で、「よろしゅうにな」と挨拶《あいさつ》をしますが、その「よろしゅうにな」の一言に、父と母が苦労したのです。

最初はもうちょっと長い台詞《せりふ》だったように思う、と母は言います。その台詞の関西弁がなんともしっくりと来なくて、二人で声に出して言ってみたそうです。

「………、よろしゅうにな」

「………、よろしゅうにな」

何度も発音してみるのですが、「………」の部分が怪しい関西弁になって、どうしても納得がいかず、結局、「よろしゅうにな」の一言に落ち着いたということでした。

父は東北山形の出身、母は東京生まれの東京育ち、上方言葉には苦戦したそうです。

わが家の木刀

私が子どもの頃から、わが家には一本の木刀がありました。

これはきっと泥棒よけの棍棒《こんぼう》みたいなもので、もし泥棒が入ったら父がその木刀を使って撃退するか、あるいは家族を守ろうとするのだろう、と私は思いこんでいました。幸いわが家に泥棒が入ることはなく、木刀も役に立つことはありませんでしたが。

しかし意外にも、私のまったく知らなかった事実を母から聞きました。

ある朝、母がいつものように洗濯物を持って階段を上がり、二階のベランダで洗濯物を干していると、父が部屋の中で木刀を振り回しているのを目にしたというのです。小説につかう秘剣の形を再現していたのです。

父の小説に出てくる剣法について、父自身に剣道の心得があるか、あるいは詳しい人がいてアドバイスをしているのではないか、と誰かが書いているのを読んだことがあります。しかし、実際はそのどちらでもありません。父が剣道を習ったことがあるとは聞いていませんし、剣道に詳しい知人の話も耳にしたことがありません。書棚にあるかなりの量の武道の本から、ヒントを得ていたようです。

武道に関する本は、三十冊以上あります。流派のことから、武芸者や剣豪、秘伝、さらには現代剣道にかかわるものまであります。そのほか、刀剣の本、忍者や忍法の本もかなりの数に上ります。書物にある形や技を実際に木刀を握って試してみて、そこから小説中の剣技を工夫していたのだと思います。

父が木刀を振るうところを、私自身は目撃しなかったのですが、そんな父の姿を初めて目にしたときの母の顔は容易に想像でき、おかしさがこみ上げてくるのです。

テレビ出演

父はテレビに出ることは苦手でしたので、父の映像をテレビで見ることは、ほとんどありませんでした。

ほとんどと言うのは、ずいぶん前にNHKの教育テレビで、背広姿の父が何度も咳《せき》払いをしながらインタビューに答えているのを見た記憶があるからです。その映像は家には残ってなく、私の記憶も曖昧《あいまい》で内容までは覚えていません。

もう一回は山形のYBC山形放送で、昭和五十八年四月二十五日に放送されたものです。

父は郷里には甘いところがあり、地元の放送局ということで出演を承諾したのでしょう。NHKからの小説のドラマ化の申し入れを受けいれていたのも、NHKなら鶴岡でも映るので、郷里の人にも観《み》てもらえるという理由もあったようです。今は分かりませんが、父が小説を書き始めた頃は鶴岡ではテレビのチャンネル数が少なく、民放のドラマでは放送されない場合もあったからです。

ＹＢＣ山形放送のインタビュアーは、父と同郷の鶴岡出身の石川牧子さんでした。

鶴岡のお菓子の話に始まり、鶴岡の自然について、山や川や田んぼが適度につり合いがとれた場所はそう多くはないと、懐《なつ》かしく思い出すように話しています。

父の「小説に英雄が出てこないのは？」という質問には、どんな人でも人間はそれぞれのドラマを持っている、無名の人の中にどういうドラマがあるのかに興味を引かれる、有名な人のドラマを追うよりも、かえって名もない人が何を考えているかの方に気持ちがひかれるのです、と答えていました。

庄内の人と風土については、雪がたいへん影響しているとも話しています。

雪は人間を我慢強くする、雪を我慢しなければ春は来ない、雪の中で家にこもってものを読んだり、色々なことを頭のなかで考える、そういうことで、地道にものを見つめる、堅実な考え方が育つのではないだろうか、雪はそういうことを教えてくれる、と。

「先生は世渡りが下手でしょう」という質問には、「確かに下手ですね」と答え、その後に、もっと自分を押し出すとか宣伝するとかを考えた方が良いのではないかと思うときもあるが、それは出来ない、しかし身に付かないことを無理にしても、うまくいくわけがない、だから控えめでいいと思う、と言い切っています。

庄内のこれからについても、今は日本中がみな都会と同じようになろうとしているが、そうはならないで、地方の独自の生活、独自の文化で生きていく方が、後になって、外から見た人が羨《うらや》ましいと思う存在になるだろう、と締めくくっています。

父の考えが生の談話として残された数少ないケースで、東京の世田谷と仙台で開かれた「藤沢周平展」でもビデオ放映されました。

テレビ出演と言えば、こんなこともありました。

父がいまほど世間に知られていなかった頃、テレビコマーシャルの出演依頼がきました。父は「絶対に出ない」と言って、その仕事を断りましたが、当時は私が「藤沢周平って知ってる?」と友達に聞いても、知らないという人がほとんどだったので、私は父に言いました。

「お父さん、なんでコマーシャルに出ないの。テレビに出れば顔を覚えてもらえるのに」

すると父は、不服そうな顔の私に、こう言ったのです。

「展子、よく聞きなさい。仕事というものは、どんな仕事でも本業をまっとうするのは大変なことなんだよ。本業以外の仕事で収入を得ようとすれば、必ず本業がおろそかになる。お父さんは、そういうのはあまり好きじゃないな。作家はものを書くのが仕事なんだから」

　自慢するな、見栄《みえ》を張るな、が口癖で、生き方も決して器用でなかった父のことです、本業に専念するというのは、いかにも父らしい、と納得したものでした。

　父のテレビ映像では思いがけないこともありました。

　ある日曜日の昼下がり、家でテレビを見ていたときのことです。母は台所で用事をしていて、父は二階で休んでいたのだと思います。テレビの前には私ひとりで、クイズ番組を見ていました。司会は児玉清さん、早押しクイズで二十五枚のパネルを争奪し、番組の最後に「これは誰でしょう」と、優勝者が獲得したパネルだけを開けて、まだら模様に現れた顔が誰であるかを当てさせるという番組でした。

　パネルが一枚ずつ開くにしたがって、なんだか見たことのある顔が現れてきました。しかし、まさか？　と思う気持ちの方がつよく、さらに画面に釘《くぎ》付けになりジッと見ていると、パネルの顔はなんと私の父でした。驚いて、母を呼びました。

「お母さん、お母さん、お父さんがテレビに出てるよ！」

「何、大きな声を出してるの？」

と母が台所から居間に来たときには、画面は変わり、違う場面になっていました。

「いま、クイズの答えがお父さんだった」

「見間違いじゃないの？」

「絶対にお父さんだった。だって、この作家は誰？　の答えが藤沢周平だったもん。事前に使いますとか、教えてくれなかったの？」

「特に連絡は来ないわねえ」

と母は言います。二階に行き、昼食後の休息で横になっていた父に、

「お父さん、いまテレビに出てたよ！」

と伝えても、

「へええ、そうか」

と、気のない返事です。これこれこうで、こうだった、と一生懸命説明するのですが、父のあまりのリアクションのなさに、私も一人で興奮していることがつまらなくなってしまいました。

サイン本あれこれ

父は本のサインや色紙を頼まれると、多くの場合、きちんと墨をすり、筆を使っていました。本には「〇〇様　藤沢周平」と署名して、落款《らっかん》が押されます。サイン一つにも、色紙一枚にも、時間をかけてじっくりと書いていました。

サイン本のことでは、父に聞いて驚いたことがあります。

父が何かのパーティーに出席したときのことです。会場へ行くために父が階段を昇ろうとすると、本を何冊も入れた袋を持って、近づいてくる人がいます。

「すみません。サインをいただけますか？」

と言われて、父が応じると、次から次へと何冊も本が出てきます。

「宛名《あてな》はどうしますか」

父が尋ねると、その人は入れないでいいです、と答えたそうです。

しばらくして、父の様子に気づいた出版社の人が声をかけてくれて、ようやく解放されました。そして、その編集者に言われたそうです。

「藤沢さん、あれはサインをもらって、サイン本として販売するんですよ。最近、あのての人が増えているので、気をつけたほうがいいですよ」

「お父さん、驚いちゃったよ」と父は愉快そうに笑い、私は、「へえ、世の中にはいろいろな商売を考える人がいるねえ。抜け目ないね」と妙に感心したのでした。

その話を聞いてから何十年か経《た》ち、父も他界したあとのある日、私は池袋の西武百貨店で開催されていた古書市に行きました。父が持っていた『時代考証事典』の続編が今は絶版になっていて、それを探すためでした。お目当ての本は見つからずに、ぐるぐると広い催事場をまわっていると、そのうちの一軒に父の本が何冊かありました。「あれ、こんな所にお父さんの本がある」と思って手にとると、なんと、その本には宛名のない父のサインがしてありました。父はふだん宛名のないサインはしないので、これは、もしやあの時の……と、本当に驚きました。

父は、新しい本が出ると、必ずいちばん最初に、母にサイン本を贈っていました。サインは、「かずこへ　周平」あるいは「和子殿　周平」でした。

あるとき母が、「なんで、ほかの人には様なのに、私は殿なの？」と聞くと、父は、

「和子さま　周平」とサインしました。その本は『長門守の陰謀』で、昭和五十三年（一九七八年）のことでした。しかし、それはたった一度だけで、その後はまた、「和子どの」と、今度は平仮名になりました。

私や夫にも、父はサインした本をくれましたが、ほとんどが夫に宛《あ》てたものです。夫が初めてもらった本は『暗殺の年輪』。これは、その時点での新刊本ではなく、直木賞受賞作で父の最初の単行本でした。表紙を開くと「遠藤正様　藤沢周平」と書いてあり、落款も押されていました。結婚後は、「正どの　周平」と変わりました。

父は、家族には「藤沢周平」ではなく、親しみを込めて「周平」と書くことにしていたようです。宛名は、たいてい「どの」でした。

私がもらった本で、とても印象的だったのは、二十歳の誕生日にプレゼントされた『よろずや平四郎活人剣（上）盗む子供』です。偶然にも私の誕生日の翌日の二月二十日が、この本の発行日でした。

その前年に出版された『密謀』（上・下）にも思い出があります。この本は一月に発売されていて、二月に私がもらったときには既に第六刷でした。上巻の見返しには、いつもどおり「展子どの　周平」と書かれていたのですが、下巻を開くとそこには、「自制心は成長の糧《かて》　周平」

の文字がありました。

この時、私は十九歳。高校を卒業して、社会に出た最初の誕生日でした。今までのように好き勝手にしていては世間を渡って行けないよ、父がそう言っているように感じました。

孫の浩平が生まれた翌年に出版された『半生の記』には、「遠藤浩平君　藤沢周平」とサインがしてあります。書名どおり、父自身の人生を綴《つづ》った本なので、孫の浩平に向けても、特別な思いがあったにちがいありません。

現実には一歳にも満たない浩平に贈ったのではなく、将来大人になった浩平に宛てたのだと思います。浩平が三歳と二カ月で、父は亡《な》くなりました。孫の浩平には、生身の祖父の記憶がほとんどありません。

家族の情景

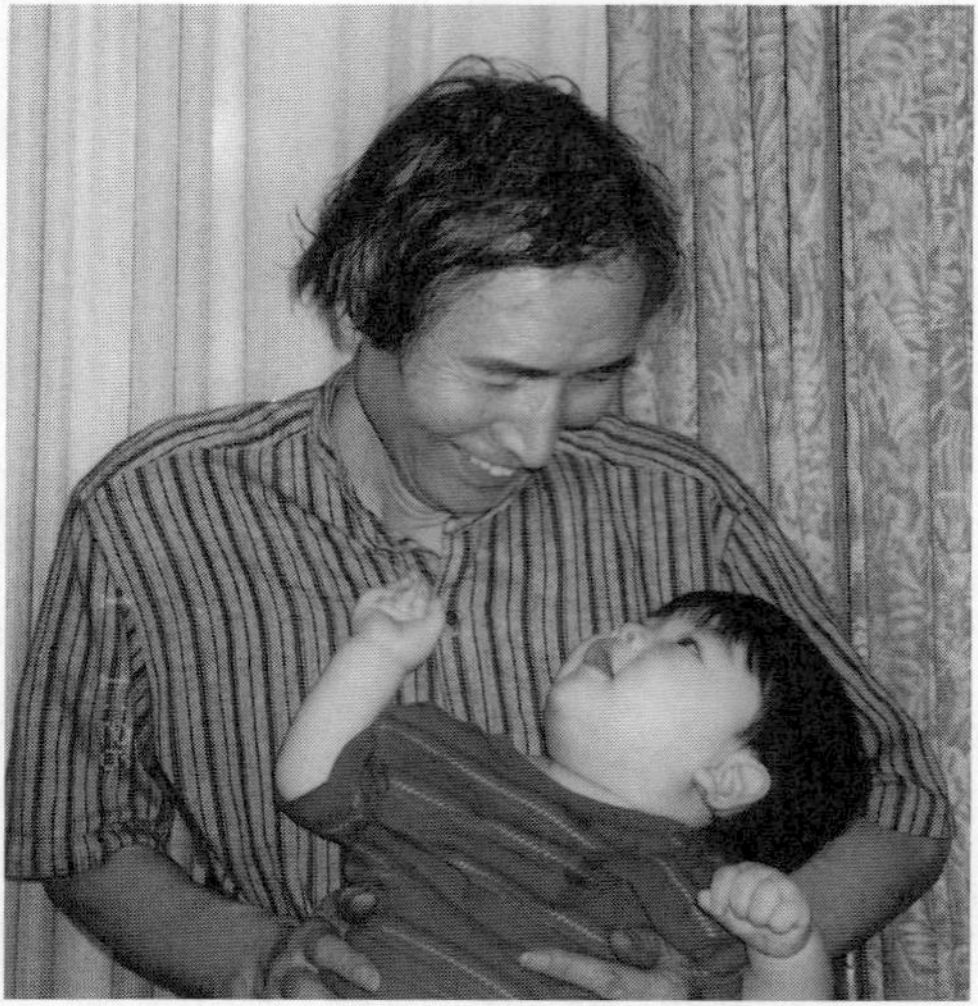

孫の浩平を抱く父（平成６年夏）

東京の空っ風

父は風が苦手でした。

強い風が窓にぶつかり、ガラス戸がカタカタと絶え間なく鳴る日には、その音が耳障《ざわ》りで仕事ができないとボヤきます。

普段、雑音や騒音はあまり気にしないで仕事をつづけていますが、風の音だけは気になるのです。そうかと言って、ガラス戸の音を避けるために、夕方早めに雨戸を閉めてしまうと、閉所恐怖症の父にとって、事態はもっと深刻な問題へと発展してしまうので、それも出来ません。ただ、耳障りな風の音をやり過ごすしか方法はないのでした。

散歩の時にも、風が吹くと父の細い身体《からだ》には大層こたえるようでした。

冬の散歩に出掛けるときの父の服装は、ハイネックのセーターにジャケット、その上にコートを着て、マフラーを首に巻き、さらに手袋をはめます。それでも父の薄い身体を風が吹き抜けて行くようでした。

父は常日頃から、冬の東京の風は、父の郷里の風よりも冷たいと言っていました。

私が「何故《なぜ》？」と聞くと、父の説明はこうです。

父の郷里鶴岡は、相当な量の雪が積もります。私が小学生の冬休みに田舎に遊びに行ったときにも大雪が降って、二階建ての一階は雪で埋もれてしまい、二階の窓から出入りしていました。雪かきや雪下ろしをして、庭に山のように積まれた雪の斜面で、スキーのまねごとをして遊べるほどでした。その雪が風を防いでくれるのだそうです。雪でつくったかまくらの中が寒くないのと同じ理屈かもしれません。ですから、雪の時期は、さほど風が冷たく感じない。それに引き換え、東京の冬は空っ風がピューピューと吹き抜けるので、寒さがひとしおということでした。

冷たい風が吹く師走《しわす》のある日、散歩に行った父はスルメのように身体が固まってしまいました。

「東京の冬は、空っ風が強くて寒さが身にこたえるなあ」

そう言う父に、東京育ちの母が、

「そうかしら……」

と受けて、そのあと思い出したように続けました。

「そう言えば、夏は夏で、東京の暑さが身にこたえると言っていたけれど……。なんでも生まれ育った土地が、体にいちばん馴染《なじ》むのね」

父は、その通りという顔で、黙って頷《うなず》いていたそうです。

東京の暑さはこたえると言いつつも、父は仕事部屋にクーラーを備えようとはしませんでした。そんなところにも、父のカタムチョな性格が出ていたようです。家ではいつも、団扇《うちわ》を片手に仕事をしていました。扇風機は原稿がパタパタと風にあおられるので、気になって仕事にならないと言って、濡《ぬ》らしたおしぼりを机に置き、団扇を片手に父は仕事に励みます。散歩のときにも扇子を持ち歩き、麦わらの帽子をかぶり、サングラスをかけて、汗をふきふき歩きます。

東京の夏の暑さ、冬の寒さをボヤきながら、父は結局、東京に住み続けました。父にとって、「鶴岡」は遠きにありて思うもの、だったのかもしれません。

三度の引越し

私が生まれてから、結婚して実家を出るまでに、わが家は三度、引越しをしました。生まれたときに住んでいた清瀬のアパートから同じ清瀬の都営住宅へ、そこから東久留米の平屋の一軒家へ、さらに大泉学園へと移りました。私の結婚後も、父母は大泉学園の家に住み続け、そこが父のついの棲家《すみか》となりました。

清瀬駅に近い上清戸のアパートから、駅まで距離のある都営中里住宅団地に移ったのは、私の生母が亡《な》くなり、父子家庭になったからです。父は、鶴岡の田舎に預けていた娘の私を引き取り、母親（私の祖母）も呼んで一緒に暮らし始めていました。引越しは昭和三十九年のことで、私はまだ一歳でした。

それから五年後に父は再婚しました。母が来て、家は手狭になり、東久留米の一軒家に引越すことになったのです。私が小学一年生の三学期のことでした。父と母の引越しはいつも突然でしたが、私は幸い新しい学校に、すぐにとけこむことが出来ました。

この東久留米の家に住んでいた昭和四十八年、私が小学五年生の時に、父は直木賞を受賞します。父と母はずっとこの家に住むつもりでいたようで、その翌年に、父は平屋を二階建てにする計画を立てて、大工さんも頼みました。何年か前に鶴岡に帰っていた祖母をふたたび呼び寄せて、一緒に住むためです。

しかし、その計画の最中に、祖母が亡くなってしまったのです。祖母は、いっとき親戚《しんせき》の家に呼び寄せられ、少しの間そこに住んでいたのですが、すっかり体調を崩して、私の家に戻って来ました。夏の暑い日が続いていたので、そのまま祖母の体調は戻らずに、帰らぬ人となってしまいました。私が小学校に上がるまでは、一緒にいることのいちばん多かった祖母です。たとえ数日間でもともに過せた最後の時は、祖母にとっても私たち家族にとってもかけがえのない日々でした。

祖母が亡くなり、家を二階建てにする計画も取りやめになりました。

その年の秋に、父が会社をやめて、小説の執筆に専念するようになると、次第に来客も多くなりました。そんな理由もあって、父は次の引越しを考えたのではないでしょうか。

とはいっても父は、自分の家を、それも一軒家を所有することには違和感を感じ続けていたようです。奇妙な気持ちだと言っていました。父のもつ家のイメージは、雨露をしのぐことができれば足りる、というものです。もともと資産とか財産とかに父の関心は薄く、世間一般の基準で貧乏だったとしても、まったく気にしない人でした。母が言うには、

「お父さんは昔も、自分を貧乏だと思ったことはなかったと思うわよ。だって、貯金通帳を持っている人の方が珍しいと思っていたのだから……」

うまくしたもので、母は節約家で計画的に貯金もできる人でした。父の無頓着な部分を、母の世間的な常識をわきまえた感覚が補ってきたのだと思います。

私が中学二年生の、ある日のことです。

「家を見にいくぞ」と言われて、私は父について行きました。東久留米から西武線の池袋行きに乗って、三つ目の大泉学園駅で降ります。駅からはバスに乗って十五分ほどの停留所で降り、少し歩くと、二階建ての建売り住宅がありました。周囲には梅林やキャベツ畑があり、田舎の風情《ふぜい》が漂う場所でした。

さほど広くはないけれど庭もついていて、二階には同じ広さの部屋が三つあり、ド

アが並んでいました。「この家どうだ」と父に聞かれて、「ホテルみたい！　気に入った。住みたい」と大きな声で答えました。

この時も、あっという間に引越しが決まりました。家を見に行ってからほどなく、「十一月二十日に引越しだからな」と、突然言われました。

「明日引越しで、転校するんだ」と、何人かの友達に伝えたのは、学校の文化祭の最中でした。その翌日には、私は転校してしまったのです。「文化祭が終わったら、ノブがいなくなっていて、皆びっくりしたんだよ」と、ずいぶんあとで友達に言われました。

引越しの当日は小雨でした。なんとか引越しを済ませたその翌日、父の担当編集者のTさんが現れました。

「昨日は雨だったので、引越しは延期だと思って、今日、手伝いに来ました」

と、Tさんは軍手を持って玄関先に立っています。

父は、「ごくろうさん」と言いながら、苦笑していました。

「でも引越しの手伝いに来てくれるなんて、良い人だよねえ」と、あとあとまで話題になりました。

父の引越しの足跡をたどると、東村山の療養所から始まって、私が生まれる前に生母と新居を構えた富士見台、それから、清瀬、東久留米、大泉学園と、すべて西武線の沿線でした。

「お父さん、なんでいつも西武線なの？」

と、私は聞いたことがあります。

「西武線の周辺は今でも畑がたくさんあって、田舎の雰囲気を残しているから、なんとなく落ち着くんだよね」

これが父の答えでした。

引越しがいつも突然だった訳も、母に聞いたことがあります。

「あの頃は、私の学校の予定とか、引越すときに全く考えていなかったよね」

母の答えは、実にあっさりしたものでした。

「引越しの日どりは、お父さんのスケジュールが最優先。お父さん、身体《からだ》が弱かったから、引越しで体調が悪くなったら大変だと思って、展子の学校の予定にまで頭が回らなかったわ」

そうはいっても、引越した先の小学校も中学校も家からわずか三分ほどの所にあったのは、父母の私への配慮でした。朝が苦手な私には、通学に時間がかからないのは、とても嬉《うれ》しいことでした。とはいえ、下校時には家の近くまで帰っていながら、友達と話をしていて、三分のはずの通学時間が一時間ということもしばしばでしたが。

チャンネル権

私の小学校四、五年生の頃まで、わが家のテレビのチャンネル権は時間ごとに決まっていました。

夕食が終わって七時になると、父と母はNHKのニュースを見ます。私はその間に、学校の宿題をしたり本を読んだりしていて、その後、七時半から九時まで、私にチャンネル権がありました。

私の就寝時間は九時と決められていたので、九時からは、チャンネル権は父に移ります。十一時までが父の時間でした。月曜日は月曜ロードショー、火曜日は『鬼警部アイアンサイド』、水曜日には水曜ロードショーと名画劇場のどちらにするかで悩み、木曜日は木曜洋画劇場があり、金曜日にはゴールデン洋画劇場、土曜日は土曜映画劇場、そして日曜日には日曜洋画劇場と、一週間の予定がびっちりと決まっていました。

母は父に従っていて、ほとんど不満をもらすこともなかったのですが、父の方でたまには悪いと思うらしく、「今日は何でもいいよ」と言うことがあったそうです。そんなときも、父が我慢をして言っているのが母には分かるので、「特に見たいものはないわ」と譲っていました。

寝るときは、いつも親子三人で川の字になって横になります。といっても、子供の私が真ん中ではなくて、六畳間の一番奥にテレビが置いてあり、いちばんテレビ側に私、真ん中が父、そして母は部屋の入口寄りです。

私は九時に布団《ふとん》に入るのですが、すぐ眠るわけではなく、テレビの方に顔を向けて、こっそりと父がつける映画を見ていました。

よく覚えているのは『刑事コロンボ』。テーマ曲が流れると、眠たくなっていた目がパチリと冴《さ》えて、あのヨレヨレのトレンチコートのコロンボを見ていました。途中でいつの間にか眠ってしまうのですが、あのドラマは最初に犯人が分かるので、本人はすっかり見た気になっていました。こっそり見ているのが分かると、父と母に「明日、起きられないんだから、早く寝なさいよ」と注意されるのが常でした。この番組は珍しく母も気に入って、父と一緒に見ていました。

父は、母は布団に入れば直ぐに眠くなると思っていたようですが、横でテレビがチラチラとしているので、母はなかなか寝付けません。そこで、十一時になると、咳払《せきばら》いをしたり、寝返りを打ったりして、父に分かるようにしていたそうです。

父の好みは、西部劇、マカロニウエスタン、スパイ映画でした。「よくまあ、飽きもしないで……」とか「またインディアンですか」などと、母に言われていました。そんな母の言葉もなんのその、父の洋画熱が収まるわけもなく、最初のタイトルテーマ曲から、最後の淀川長治《よどがわながはる》さんや水野晴郎さんの解説を聞いて、来週の予告編まで見てようやくテレビを消すのでした。

私が中学生になり大泉学園に引越した頃には、さすがに九時就寝とはいかなくなりました。テレビの前を娘が占領して動かなくなり、父は仕方なく自分の仕事部屋にテレビを置くようになりました。しかし、やはりゆっくりと布団に入ってテレビを見たかったのでしょう、そのうち、私の部屋にもテレビを置いてくれました。

しかし、私はテレビを見ているうちに、うとうとと寝てしまうので、父の就寝時間の十一時には、父が二階の私の部屋まで上がってきて、消灯の確認をするのです。

「起きてるか」

と父が言い、寝ていた私があわてて起きて、

「うん、起きてるよ」

と寝ぼけながら答えると、

「テレビをちゃんと消せよ」

「分かった。お休み」

そう言って、眠りに就くのが日課になりました。

父のテレビ好きは祖母譲りで、祖母もよくテレビを見ていました。

祖母は、コタツに入ってテレビを見ていると、いつの間にか眠くなるようで、寝ていると思って母がそっとテレビを消すと、消したとたんに目を覚まして、「見てるのに」と言っていました。

テレビ好きは親子三代つづき、私は今もテレビを点《つ》けたままでないと眠れない悪癖がついてしまいました。父が生きていたら、「テレビをちゃんと消せよ」と言われそうですが、今はオフタイマーという便利な機能があって、夫に「テレビのタイマーかけた?」と言われ、「かけたよ。お休み」が日課になっています。

図書館通い

わが家は図書館をよく利用していました。

東久留米では、スーパーに行く途中に図書館の分室があったので、母の買い物についていって、ついでに図書館に寄っていました。小さい図書館でしたので、子供の本をほとんど読んでしまうと、星新一のショートショートなどを読み始めました。

私が小学生だった昭和四十八年に、父の直木賞受賞作『暗殺の年輪』が刊行されました。私は図書館に行っては、父の本がどのくらい借りられているかを見ていました。

ある日、貸出しリストのハンコを数えてみると、十八人が借りて読んでくれています。家に帰り、さっそく父に報告しました。

「お父さん、『暗殺の年輪』十八人も借りていたよ！」

父はまんざらでもないような顔をして、「そうか」と言いました。

大泉学園に引越すと、今度は家から歩いて十五分ほどのところに区立大泉図書館がありました。私は中学生になっていて、以前ほど父と一緒に出歩くこともなくなっていたので、父は、母を連れ出して、この図書館で調べものをしていたそうです。

私が父と一緒に大泉図書館に行ったのは、家の近所に不発弾が発見されて、地域の住民が避難するという事態が発生したときでした。

家からそう遠くないバス通りの花屋さんが、店を建て替えるために建物を壊したところ、地中から戦時中の不発弾が発見されたのです。夏の暑い日でした。避難しなさいと言われても、私たち家族三人は特に行くところもないので、図書館なら涼しいだろうと、出掛けていったのです。図書館までの道みち、爆弾について父にさまざまな質問をしました。

避難しなさいと言われているのに、ふだんの格好で、特に防災のための品物も持たずに出掛けたように思います。もしも、不発弾が途中で爆発していたら……。そのときは爆弾の規模もわかりませんでしたが、家が吹っ飛んでしまったら、どうするつもりだったのでしょうか？　物事を悲観的には考えないようにしていた父のことですから、爆発するなどとは考えてもいなかったと思いますし、もしもそうなったらそうなったで、何とかなるさと思っていたのでしょう。

図書館への避難は涼しくて快適でしたが、同じように考える人はいるもので、いつもよりも多くの人が利用していました。私は両親から離れて、あちこちの書棚を巡って時間を潰《つぶ》しました。父と母は本を読んでいました。何ごともなく避難の時間は過ぎて、また三人で歩いて家に帰りました。

夕方、テレビをつけると、ニュースで大きく取り上げられていました。思ったよりも大きな爆弾が土にまみれ、クレーンで持ち上げられている映像が流れました。あんな爆弾の近くで生活していたなんて、とゾッとしました。

父と母は、調べものが近所の図書館で済まないときには、国立国会図書館に行きました。父が調べる本をあらかじめリストアップしておいて、図書館に着くと二人でそれぞれ資料請求票に記入して、本を借ります。借りた本を父が見て、コピーが必要な箇所に紙を挟みます。母は複写申込書に必要事項を書き込み、順番待ちの行列にならんで申込み、ずいぶん待たされてようやくコピーを受け取ることができます。一人一回のコピー制限枚数が決められているので、効率よく消化するために二人で分担しても、いつも量が多くて大変だったという話でした。帰りは、二人で昼食をとってから家に帰ったそうです。

父は、とにかく何でもよく調べました。ルーペを片手に地図に見入っていたり、膨大な量の資料を読んでいたり……。そんな父の姿を、小説家というよりも、職人みたいだなと思って、私は見ていました。

海外ミステリー

父の推理小説好きは、いくつものエッセイで書き残していますが、ミステリーのなかでもハードボイルドのレイモンド・チャンドラーを好んで読んでいた時期があります。

父の残した本のなかに、創元推理文庫のチャンドラー短篇全集『赤い風』『事件屋稼業《かぎょう》』『待っている』『雨の殺人者』があり、さらに同じ創元推理文庫で『かわいい女』『大いなる眠り』、ハヤカワ・ミステリ文庫では『プレイバック』『長いお別れ』『さらば愛《いと》しき女よ』等が揃《そろ》っています。

父がこれらの本を読んでいたのは、昭和五十九年（一九八四年）から六十年にかけてだと思われます。文庫本の奥付を見ると、ほとんどが昭和五十九年に印刷されたものだからです。

昭和五十九年は、父が慢性肝炎を発症し、胃に集まってしまう血液が肝臓にもまわるようにと、食後は横になることを習慣とし始めた年です。父は、二階の仕事部屋の隣にある昼寝の部屋で横になるとき、CDやカセットで音楽や落語を聞いたり、推理小説を読んだりしていました。そんな時に、レイモンド・チャンドラーをまとめて読んでいたのでしょう。父がハードボイルドを意識したという「彫師伊之助《いのすけ》捕物覚え」シリーズの第三作『ささやく河』の連載を始めたのも、この年でした。それを意識してのチャンドラーだったのか、あるいは、たまたま時期が重なっただけなのか、それは分かりませんが、翌昭和六十年のインタビュー（雑誌「波」）では、「私はハードボイルドの熱狂的読者」と語っていました。

他にもルース・レンデルは全部で二十冊近くありました。パトリシア・コーンウェルもお気に入りの作家でした。

父の仕事部屋の本棚は資料でいっぱいで、これらの趣味の本は、ほとんどが二階の廊下や階段を上がりきったところに、山積みにされていました。本の重みで家が歪《ゆが》むことを心配して、あちらこちらに分散して置いてあったのです。本の重みはすごいもので、父がそれだけ気にしていたにもかかわらず、家の床は一部沈んでいました。

父は私に本を薦めることはめったになく、私はいつも山積みになっている父の本のなかから、面白そうな本を適当に借りて読んでいました。しかし、珍しくパトリシア・コーンウェルだけは、「面白いから読んでごらん」と薦められたことがあります。

推理小説好きの父の姿で、印象深い一枚の写真があります。父のサラリーマン時代で、髪を七三にわけ、コートを着てマフラーを首に巻いた父が、富士見台駅のホームで『幻の女』を持って笑っている写真です。ぽん書房という、今では聞かない出版社の本です。作者の名前はウィリアム・アイリッシュ。ヒッチコックの『裏窓』の原作者でもあるこの作家の、名作中の名作だそうです。父はヒッチコック作品も、テレビでよく見ていました。

写真の父が持っている『幻の女』は、女性の絵がカバーに描かれていますが、いま改めて調べてみると、昭和二十五年発行の本でした。この本を父がいつ入手したのかは分かりませんが、この一枚の写真からは、本を片手に仕事に出掛け、通勤電車に揺られながら読書をしていた父の姿が思い浮かびます。

賭《か》けごとと父

父が賭けごとをしている姿を見たことはありませんでした。

パチンコには時どき行っていましたが、競輪、競馬、マージャンはしませんでした。といっても、賭けごとが嫌いではなく、むしろ好きな方なので、のめり込むのを避けるために敢えてやらなかったと、「賭けごと」というエッセイで書いています。父の性格上、気に入ると熱中するタイプなので、それを見越しての考えです。

競馬は興味があったようで、テレビでは見ていましたが、実際に競馬場に行って馬券を買うことはありませんでした。

「お父さん、一度、競馬場に行ってみたいんだよなあ」

「ふうん、お父さん、競馬に興味あるんだ」

「まあな」

と言ってニヤッと笑うのでした。

しかし、その後も競馬場には行くことはありませんでした。競輪は縁がなかったかと言うとそうでもなくて、父が二つ目に勤めた業界紙の事務所は競輪場のすぐ前でしたから、時間があると、スタンドでレースを見ていました。初めて見たときには、自分が小さいときから乗っている自転車が賭けごととして成り立つことに、とても驚いたそうです。しかし、競輪も眺めるだけで、車券は一枚も買わなかったと聞きました。

そのときの業界紙の会社は、建物の一階が麻雀《マージャン》屋で二階に麻雀室と父の勤める事務所がありました。父は編集長の肩書きの名刺をもらっていましたが、編集部は父一人、営業部も営業部長だけ、あとは社長がいるだけの小さな会社でした。社長と営業部長が広告を取ってきて、父が記事を書いていたそうです。

麻雀屋で、父の会社の社長さんが麻雀卓を囲んでいることもあったそうです。父は麻雀屋の小母《おば》さんと茶のみ話をしたり、小父《おじ》さんを手伝って麻雀卓の布の張替えをしたりすることはありましたが、麻雀は見るだけで、自分ではやらなかったそうです。社長さんも競輪も麻雀も、父にとっては愛すべき環境だったようです。しかし、給料が滞るようになり、結局は一年ほど勤めて、別の業界新聞社に転職しました。

パチンコも私が知っている限りでは、あくまでも息抜きにしていた程度でした。

ただ、父に聞いた話で驚いたことがあります。やはり勤めていた頃のことですが、父は一度だけ、財布が空になるまで、パチンコに夢中になったことがあるそうです。帰りの電車賃はどうしたの？ という疑問をぶつけると、父は笑いながら答えました。

「交番に行って、お巡りさんに電車賃を借りて、帰ってきたんだよ。もちろん、翌日、返したけどね。それにしても、あのお巡りさんは親切だったな」

「お巡りさんが親切でよかったけど、そうじゃなかったら、どうするつもりだったの？」

と呆《あき》れて言う私に、父は「ほんとだな」とケロッとしていました。

そのときの体験と思われることを、エッセイにも書いています。そこには、夜遅くまでパチンコをしていて、辛うじて二十円だか三十円だかの電車賃は財布に残したとあります。どちらが実際のことだったのかは分かりませんが、いずれにしろそれ以後は、パチンコに夢中になることはなくなりました。

その出来事がきっかけで、自分が賭けごとをしたら、のめり込む性格と気づいたのかもしれません。父の小説の中にも、博打《ばくち》にのめり込む職人や商家の奉公人の心情が描かれたものがありますが、父自身その心のうちがよく分かったのだと思います。

囲碁は、父にとって、賭けごとではなく勝負ごとでした。目碁《めご》といって、一目いくらとお金をかける賭け碁もあるそうですが、父には関係ないことでした。

囲碁はもともと療養中に覚えたようです。清瀬の都営住宅に住んでいた頃には、住宅団地の囲碁大会に出て優勝したり、大泉学園に引越した昭和五十一年（一九七六年）頃には、日本棋院で初段の免状を頂いたりもしました。

その後はもっぱら編集者の方に相手をしてもらうか、大泉学園の駅前の碁会所に通うかしていました。碁会所に行く時間もないときには、家でひとり胡座《あぐら》をかいて、左手に本を持ち、黙々と碁盤に向かっています。昼寝をしているのかなと思って、父の昼寝部屋をのぞくと、厳しい顔をして碁を打っている父の姿を目にしたこともあります。

運転の腕前

「展子、おまえ運転へたになったんじゃないか？」

私はドキリとしました。父のその指摘が正しかったからです。

父が腰痛の治療のために新大久保へマッサージに通うようになってから、私は時どき車で送り迎えをしていました。ルートはいつも同じで、大泉学園の実家まで父を迎えに行き、そこから目白通りに出て、そのまま真直《まっす》ぐ明治通りとの交差点まで走ります。その間、約三十分から四十分。交差点を右折して、しばらく走るとそのマッサージの医院があります。

何度も通った道でしたが、父からそのように言われたのは初めてでした。

「そうかなあ。やっぱり、お父さんもそう思う？」

実は私は車を買い換えたばかりでした。それまでは今では珍しいマニュアル車に乗っていたのですが、オートマ車になったとたん、クラッチを踏むはずの左足を使わないで運転ができてしまう車になかなか慣れず、すっかり運転に自信をなくしていたのです。父は、運転免許を持っていなかったのですが、私の運転する車に乗り慣れていたので、直ぐに私の変化が分かったようです。

二十歳の時に、初めて父に買ってもらった車は、トヨタのカローラ・レビンでした。父は最初から国産車を私に勧めました。国産車の性能が良いということもありましたが、収入の少ない私が維持するのに、外国の車では修理代が大変だという意見でした。

その車は2《ツー》ドアで、初めてマイカーを持ったので運転が楽しくて、山や狭山湖畔などによく練習に行っていました。当時、父は私の車に乗ると、

「展子は運転がうまいなあ。安心して乗っていられる」

と言ってくれました。

その車は約十年間大切に乗っていましたが、いよいよガタがきて、ある日突然、道路の真ん中で動かなくなってしまいました。またいつ止まってしまうか分からないのでは危ないと、車を買い換えることにしたのです。マニュアル車にこだわる私に、カーショップの人は「時代とともにマニュアル車は消えて、ほとんどがオートマ車になっている」と説明します。私の年齢も三十代になり、今度は自分が楽しむための車ではなく、父がゆっくりと乗れるようにと、ビスタという4ドアのセダンを選びました。

そんな経緯で買い換えたオートマ車になかなか慣れない私は、車の運転にすっかり消極的になり、父の送り迎え以外にはほとんど運転をしなくなっていました。私の運転の腕が鈍ったことを、父は直ぐに察知したのでした。

いつもは後部座席にゆったりと乗っていた父が、ドアの上にある手すりにつかまり、なんとも乗り心地わるそうにしている姿をバックミラーで確認した矢先の、「展子、おまえ運転へたになったんじゃないか」でした。

平成五年のその頃、母が入院するという非常事態がおこりました。そのため、私は父の一人暮らしとなった実家に、毎日、車で通うことになりました。およそ二カ月後には、母は無事退院して、私の実家通いもお役ご免となりました。

父のマッサージへの送り迎えは、その後もつづきましたが、母が入院中に毎日運転した成果か、その後は運転がへたになったと言われることはありませんでした。

わが家の食卓

私の家では朝食に必ず、炊《た》きたての白いご飯と味噌汁《みそしる》を食べていました。納豆や生卵、漬物、その他にもいろいろとテーブルに並びます。それは父の希望で、私が物心ついてから毎日つづいていました。

父が撮った朝の食事どきの写真があります。私は小学校低学年で、お茶碗《ちゃわん》を片手に、大きな口をあけて笑いながら写真に写っています。この頃は、畳の部屋で大きめの丸い卓袱台《ちゃぶだい》を囲んで食事をしていました。朝起きると私の仕事は、その折り畳み式の卓袱台の足を広げ、まわりに座布団《ざぶとん》を並べることから始まります。母は台所で朝ごはんの用意をしています。

この当時、朝食にパン食が流行《はや》りだしました。学校で「今日、朝、何食べた?」という話題になると、「トーストとミルクティ」などと話す友達がいて、私は心のなかで、ハイカラだなあと思ったものです。

「ねえ、朝、パンにしてよ」

と母に言うと、母の返事はいつも決まっていました。

「お父さんが、朝は白いご飯を食べないと元気が出ない、と言うから駄目よ」

私は多少の落胆を覚えながら、「ふうん」と答え、やっぱり駄目かと思うのですが、それでもまだパンにミルクティの朝食に憧れて、

「なんでお父さんは、ご飯を食べないと元気が出ないんだろうねえ」

と聞いても、やはり母の答えはいつも同じでした。

「お父さんのうちは農家だったから、朝はご飯て決まっているのよ」

当時の炊飯ジャーはまだタイマーなどという便利な機能はついていなかったので、母は毎日家族のために早起きをして、電気釜《がま》のスイッチを入れ、炊き上がるまでに、味噌汁の用意をします。味噌汁の具は、豆腐と葱《ねぎ》だったり、油揚げとジャガイモだったり、ほうれん草だったりと、その日によって違いました。

母が朝食の用意をしていると父が起きてきて、顔を洗い、お茶を飲みながら新聞を読み始めます。そこに、毎日変わらないタイミングで母が朝食を並べるのです。小学生の私も手伝って、お箸《はし》を並べたりしました。お箸を置く向きが違っていたりすると、

「箸は右手で持つから、右に持つところが来るように置くんだよ」

などと、父が教えてくれました。

しかし、家族そろって朝食をとっていたのは私が中学生までで、高校生になると私の生活リズムは乱れ、朝食を食べる時間があったらギリギリまで寝ていたいと、朝寝坊を決め込むようになりました。

何度、父や母に起こされても、眠くて起きられず、ようやく寝床を離れるともう登校時間ギリギリになっていて、あわてて身支度をして、学校へ自転車で走って行くのでした。

そんな私とはかかわりなく、父と母の朝食は、父のサラリーマン時代と少しも変わらず、和食一筋でつづきました。

昼食はパンが多かったように思います。うどんや蕎麦《そば》のこともありましたが、たいていはサンドイッチやパン屋さんの調理パンでした。夕食はやはり和食で、魚と煮物がメインでした。肉料理は魚に比べると、ずっと少なかったと思います。

父はハタハタという魚が好きでした。大きさはシシャモより二回りほど大きく、味は淡白。しかし一時期、ハタハタは極端に漁獲量が減り、また主産地の秋田では平成四年から三年間禁漁となったので、スーパーに行ってもめったに売っていませんでした。それでもたまに見つけると、母は必ず買ってきました。

恐ろしいぐらいにしょっぱい塩鮭《ざけ》も、父の大好物でした。塩のきいた鮭が食卓に上ると、父はそれは嬉《うれ》しそうで、食も進むようでした。私には塩辛すぎて一度では食べきれず、一切れが何度も焼き直されて、朝に晩に食卓に上りました。父はその度に、切り身を最後まできちんと食べきるのでした。母や私は呆《あき》れて、

「あんなにしょっぱくちゃ、身体《からだ》に悪いよね」

と言うのですが、父にとっては何よりも嬉しいおかずでした。

しかし、そのうちに体調を気にかけるようになったり、また売っている塩鮭が甘塩ばかりになったりして、だんだんに食卓に上ることもなくなりました。塩のきいていない鮭に変わると、なんとも不満そうに、

「これじゃあ、上手《うま》くないなあ」

と言って、醬油《しょうゆ》を沢山かけるので、せっかく身体のことを考えて塩分控えめにしたのにと、母のひんしゅくを買うのでした。

今は父の好きだった塩辛い鮭をほとんど見かけなくなりましたが、ハタハタの方は魚屋さんでよく見かけます。買ってきて食卓に出すとき、決まって私は息子に、

「このお魚はねえ、おじいちゃんが大好きでね」

と言います。最近では最後まで言わないうちに息子に、

「おじいちゃんが好きだったんでしょう」

と先手を打たれてしまいます。

子供の頃に親しんだ味覚は、大人になっても変わらず、その私の味覚は夫や息子にも伝わって、我が家はみんな和食党です。それでも、慌《あわ》ただしい朝はパン食のことも多く、父母が守りとおした、毎日和食の朝ごはん、とはいかないのが現状です。

一人暮らしの母は、父がいたときと同じように、朝に晩に、ご飯を炊いています。

「よく、一人なのに面倒くさくないねえ」

と言う私に、

「だって、お父さんの仏壇に、毎日炊き立てのご飯を上げないとね」

と答えるのです。それを聞いて私は思います。

「そうか、お母さんは、今でもお父さんのために、毎日ご飯を炊いているんだ」と。

父の誕生日

父の誕生日は、十二月二十六日です。昭和二年のその日、父は山形県東田川郡黄金村大字高坂（現在は鶴岡市内）に生まれました。「降りつづく雪が隣の家との行き来もままならない大雪」（『半生の記』）の夜だったそうです。

父の五十歳（昭和五十二年）の誕生日は、北風が一日中強く吹き、寒いけれど、よく晴れた一日でした。前年に引越してきた大泉学園の家は、周辺に広がる畑を吹き抜ける風が、強く家に当たりました。

その日、父は朝のうちに新潮社に自分の顔写真を速達で送り、午後には「家の光」の編集者の方と『春秋山伏記』のあとがきの打ち合わせをしています。夜には新潮社の編集者Sさんと「別冊小説新潮」春季号（短篇『告白』）の校正を電話でやりとりして、一日の仕事を終えました。

日々淡々と仕事をしていた父らしく、五十歳の誕生日も普段どおり過ごしています。夜は家族で誕生祝いをしました。中学生の私は、料理の真似《まね》ごとをするようになっていて、父のために混ぜご飯を作りました。少ないお小遣いから、父にプレゼントしたのは靴下でした。母からはサンダルのプレゼント。母娘で相談して、散歩の好きな父に合わせて考えた贈り物でした。

五十歳という年齢はまだまだ若い部類に入ると思うのですが、父はそこまで長生きできるとは考えていなかったようです。

「こんなに生きるとは、思いもかけないことだ」

というのが、その日の感想でした。

私も父からプレゼントをもらっていました。

もっとも思い出ぶかいのは、成人を迎えた二十歳のときのネックレスです。父からネックレスをもらえるとは、あまりに思いがけず、本当にびっくりしました。金の鎖とパールの、そのネックレスは大切すぎて、使えないまま、しまってあります。

私が父の本を読むようになってからは、父がサインした本を誕生日にもらうこともありました。

父六十二歳（平成元年）の誕生日のプレゼントには、映画のビデオのリクエストがありました。

『カサブランカ』一九四二年の作品で、監督はマイケル・カーティス、出演はハンフリー・ボガートとイングリッド・バーグマン。

『十二人の怒れる男』一九五七年の作品、シドニー・ルメット監督、出演ヘンリー・フォンダ、リー・J・コッブ。シドニー・ルメット監督の劇場映画デビュー作でした。

『サイコ』一九六〇年、アルフレッド・ヒッチコック監督、出演はアンソニー・パーキンス、ジャネット・リー。

この三作が、父に映画のビデオを贈った始まりでした。

父は映画好きだったので、あらかじめカタログを渡しておき、そのなかから観《み》たい映画を選んでもらいました。この年、父が選んだのは、すべて私が生まれる前の映画でした。

六十三歳（平成二年）の誕生日。父は、数日前から引いていた風邪がようやく治り、読書をして過ごしています。その日、読んでいたのは、もりたなるお著『銃殺』。父が選考委員を務めていた直木賞の候補作の一つで、年が明けて一月の半ばにある選考会に備えていたのです。

二年前に結婚していた私たち夫婦は、お祝いに行ったのですが、また風邪がぶり返すとわるいので早々に退散しました。プレゼントは臙脂色《えんじいろ》のネクタイ。母からのプレゼントである背広を新調したばかりで、「紺色の背広に合いそうだ」と喜んでくれました。普段は無口ですが、褒め上手な父でした。

六十四歳（平成三年）の誕生日。東京の十二月には珍しく、朝起きると雪が降っていました。寒さが厳しい年の瀬で、そのせいか母が風邪を引きました。いつも母より先に風邪を引く父は珍しく元気でした。母の見舞いに、私は数日前に実家へ行っていて、その日は夜、誕生日を祝う電話をかけました。このときの父との会話は、

「長生きをしたなあ」

「なに言ってるの、もっともっと長生きしてくれないと困るよ」

というものでした。

六十五歳（平成四年）の誕生日には、年内に発売された「文藝春秋」平成五年新年

号から『漆の実のみのる国』の連載が始まっていて、すでに書き進めていた三回目の原稿を仕上げました。これがこの年の仕事納めです。

せっかく年内の仕事を終えたのに、父は風邪を引きました。寒さに弱い父なので、冬場は毎年風邪との闘いです。この年は一日早く誕生日を祝いました。

六十六歳（平成五年）。この年は、新しい家族が増えた年です。まだ生まれて二カ月足らずの浩平を連れて、父の誕生日に実家へ行きました。

この年の父の注文は、

『真昼の決闘』一九五二年アメリカ作品、フレッド・ジンネマン監督、出演ゲーリー・クーパー、グレイス・ケリー。

『ドクトル・ジバゴ』一九六五年イタリア・アメリカ合作、監督はデヴィッド・リーン、出演オマー・シャリフ、ジュリー・クリスティ。

『刑事ジョン・ブック 目撃者』一九八五年アメリカ作品、監督ピーター・ウィアー、主演ハリソン・フォード。

この三本のビデオと一緒に、「アニマルズ」のCDのリクエストもありました。

いつも父は近所のCDショップに行って、購入したり取り寄せてもらったりしていたので、CDのリクエストは珍しいことでした。音楽を聞いていて作品のイメージが湧《わ》くこともある、と父が話していたことを思いだします。

六十七歳（平成六年）の誕生日には、五本のビデオのリクエスト。『逢《あい》びき』一九四五年、デヴィッド・リーン監督、出演セリア・ジョンソン、トレバー・ハワード。

私が生まれる前の作品ですが、デヴィッド・リーン監督の名前には聞き覚えがありました。一九八八年に『アラビアのロレンス　完全版』を完成させたときの様子を、テレビで見ていたからです。父はこの監督の作品が好きだったようです。前の年に頼まれた『ドクトル・ジバゴ』も同じ監督の作品でしたし、父が所有するビデオの中には『戦場にかける橋』もありました。

父に「『逢びき』を観たころ」というエッセイがあります。山形師範学校に入学したころ、毎日映画館に入りびたっていて、『ガス燈《とう》』や『断崖《だんがい》』『石の花』などの映画を観たなかで、いちばん印象に残っているのが『逢びき』だったそうです。その映画に絵そらごとではない人生を感じさせられた、と書いています。

『ナバロンの要塞《ようさい》』一九六一年、監督J・リー・トンプソン、出演グレゴリー・ペック。

この二つの作品は、父が既に見たことのある映画ですが、もう一度見たいと思ってのリクエストでした。

『自転車泥棒』一九四八年、ヴィットリオ・デ・シーカ監督。イタリア出身でソフィア・ローレン主演の『ひまわり』の監督。

『鬼火』一九六三年、ルイ・マル監督、出演モーリス・ロネ、ジャンヌ・モロー。

『許されざる者』一九九二年アメリカ作品、監督、製作、出演クリント・イーストウッド。

この三作品は、初めて見る映画でした。

ほかに、フランス映画『かくも長き不在』はレーザーディスクだったので、父のためにビデオテープに入れなおすのにレーザーディスクの機械を購入し、ようやく届けることが出来ました。

この年も、私は父の誕生日の前日に実家へ行っています。誕生日当日の父は、朝の散歩をして、その後はパトリシア・コーンウェルの『死体農場』を読んで過ごしました。

いつもながら、父の日常は穏やかに過ぎていきます。

平成七年、父、六十八歳の誕生日のリクエストは、いつもと違っていました。小型のカセット・レコーダーが父の希望でした。私が選んで持参したソニーのレコーダーを見た父は、「これは、良いねえ。上等品だ」と言って、とても喜んでくれました。「上等品」という言葉に、「お父さんは、大げさだ」と言い返しながらも、気に入ってもらえて良かったと思いました。

試しに、孫の浩平に昔話を吹き込んでくれようとしたのですが、マイクを前にすると緊張してしまったのか、「あー」とか「うー」とか言ったり、何度も咳《せき》払いをしたりするので、浩平が面白がり、父にまとわりついて邪魔をして、結局は途中で断念したのでした。テープには、父の咳払いと「だめだな、こりゃ」という呟《つぶや》きだけが録音されていました。

父六十九歳の誕生日は、病院で迎えました。

家族全員で父が早く回復出来るようにとお祝いをしました。

しかし、この平成八年十二月二十六日が、最後の誕生日となってしまいました。

最後の思い出

――父の入院と死

父が、新宿区戸山にある国立国際医療センターに入院したのは、平成八年（一九九六年）三月のことでした。

母は前年の十二月に胃癌《いがん》の手術を受けていて、退院して二、三カ月しか経《た》っていない頃でした。ですから、父の入院当初、母の体調は万全でなかったのですが、それでも母は頻繁に父の病院に通っていました。

最初のうち、母と私の二人が交代で父に付き添っていたのですが、私は母の体調が心配で、なるべく負担を軽くしたいと思いました。しかし私も、息子がまだ二歳でしたので、思うように時間のやりくりができません。見るに見かねた主人が、会社を休職して息子の面倒を見てくれることになり、それからは父の病院へ通うことに専念できるようになりました。

母方の叔母も手伝ってくれ、午前中は母と叔母が交代で、午後からは私、と三人が交互に病院へ行きました。といっても、病院は完全看護なので父の病状が落ち着いてからは、特に看病らしいことはしませんでした。それでも、父にとっては身内がそばにいるのがいちばんで、特に母がいると父は安心できるようでした。

病室は十五階にあり、窓からは新宿の高層ビルがよく見えました。夜になると高層ビルに灯がともります。

「お父さん、夜景がきれいだよ」

窓際《ぎわ》に立った私の言葉に、父は言いました。

「寝てるだけだから、見えないよ」

「そっか、……ごめん」

しかし、それからしばらくして、体調が良くなると、父は部屋の中をよく歩くようになりました。父は何事にも前向きでした。

「足が弱ると、退院してから歩けなくなるからね」

そう言って、まるで散歩をするように、毎日歩きました。

部屋の外への散歩も徐々に出来るようになりました。もともと散歩好きの父なので、外を歩いた日には、「気分がさっぱりする」と言っていました。母とも二人で、病院の中を散歩して歩いたそうです。

食事に対しても前向きでした。色々な制限が加えられているので、お世辞にも美味《おい》しいとはいえない病院食でしたが、父は一生懸命に食べていました。一生懸命には訳があります。

ある日、私が病室に行くと、父は気分がすぐれない様子で、食事をとるのも辛《つら》そうでした。私の目には、食べものをむりやり口に押し込んでいるようにも見えました。その視線に気づいた父は、箸《はし》を置くと、私の目をまっすぐに見て言いました。

「こんなに具合がわるいのに、必死になってご飯を食べているお父さんの姿を見て、おまえは、いじましいと思うかも知れないけれど、それは違う。ご飯が食べられなくなったら、死んでしまうからね。だから一生懸命、食べているんだよ」

父が言うには、人間は口から食事をとれるうちは大丈夫ということでしたが、それ以上に、父の強い意志を感じました。

しかし、単調な味付けにはさすがに飽きてしまうので、家で毎日食べていた納豆やヨーグルト、チーズなどをプラスしてしのぎました。

私では力不足だなと感じたのは、入院中も私に対してはいつも毅然《きぜん》とした態度で接していた父でしたが、母には入院生活のつまらなさを洩《も》らしていたと聞いたときです。体調を崩して入院しているのだから、私にも言いたいことはあったと思います。

しかし、私が付き添っている時にはそういう話はしないで、もっぱら、なんのCDを聞きたいとか、なんの本を買ってきて欲しいとか、あるいは一緒にテレビを見たりとか、そんなふうにして過ごしました。

私は病院に車で通っていたので、私が帰るときには、「車の運転には気をつけなさい」、「携帯電話は車を止めてから出ること」などと注意をして、自分が入院しているにもかかわらず、「風邪を引くなよ」と心配までするのでした。

体調も元にもどり、七月には一時退院しました。

自宅に帰った父は「文藝春秋」に連載していた『漆の実のみのる国』の最終回の原稿を書き上げました。この連載は毎回二十枚位の原稿を書いていましたが、最後の分は六枚に纏《まと》められていました。原稿を読んだ母が「枚数が少なくない？」と聞くと、「これでいいんだ」という返事でした。こうして長篇小説を完結させて、父は最後の仕事をやり遂げたのでした。

この頃は自分の足で、近所の掛かりつけの医院まで歩いて通うことが出来るほど回復していました。それでも付き添いは必要でしたので、母が一緒に行ったり、私が息子を母に預けて同行したりしました。医院で父は、長い時間をかけて点滴を受けます。

夏のある暑い一日、こんなことがありました。

父に付き合って、医院に行っている間に、突然、雷鳴がとどろき、にわかに激しい雨が降ってきました。父は、家にいる母と孫の浩平のことを心配して、「二人は家で大丈夫かなあ」と気にかけていました。浩平はまだ三歳になる前でした。その日の雷はなかなか鳴り止まず、近くに落ちたようで、かなりの轟音《ごうおん》を放っていました。

父の点滴が終わるころには、雨も小降りになり雷も収まったので、あわてて家に帰りました。家に着くと、真っ暗なリビングのソファで、浩平が母にしがみついて、ワアワアと大きな声で泣いています。母は座ったまま浩平にしがみつかれて身動きもできずに、必死に浩平に話しかけています。二人とも汗だくでした。

思わず父とふたり顔を見合わせ、「大変だったね」と私が言うと、「浩平が怖がって離れないから、ずっとこの姿勢のままだったのよ」と母。父は母に向かって、ひと言「ごくろうさん」と言いました。

父と私が帰ってきて、雷もやんだので、浩平もようやく泣きやみ、母は解放されたのでした。後に小学生になった息子にその話をすると、「おばあちゃんにくっついていたの、よく覚えているよ」という返事でした。

夏の疲れが出たのか、九月には再入院となりました。病室は前に入院したときと同じ部屋です。父もさすがに二回目の入院でがっかりしたようでした。

今度もまた、父の付添いを叔母が手助けしてくれました。母が午前中から昼食まで、叔母が日中、そして私は今度は夕飯から翌朝まで。時には母が病院に泊まることもありました。私の家では主人が子育てもすっかり板について、安心して任せられるようになっていました。

叔母は父と過ごしたときの様子を、詳しくメモに書き残してくれました。父の入院中、叔母とのメモのやり取りはかなりの枚数になりました。今でも叔母には言葉では言えないほど感謝しています。

入院している人はただでさえ病気で辛いのに、さらに検査のたびに辛い目にあわなければならない、いったいどれほどの苦しみだろうかと、私は考えさせられました。私だったら、絶対に我慢できないような状況でも、父はじっと耐え、治療に専念しました。

父はやはり母をいちばん頼りにしていました。母がお経を唱えながら身体《からだ》をさすると、気持ちが楽になるというのです。私はお経は知らないので、母にテープに吹き込んでもらい、そのテープを掛けて、父のマッサージをしました。

二度目の父の入院中は、一緒にテレビを見ながら過ごすことが多くなりました。朝は決まって、NHKの連続テレビ小説『ふたりっ子』を見ました。（あとで気づいたのですが、平成八年十月から翌年の四月まで放送されたこの連続テレビ小説を、途中で父が亡《な》くなってからは、まったく見なくなっていました。）

父はスポーツが好きでしたので、夕食前には大相撲、夜は野球を見ました。この二つは欠かさずテレビ観戦しました。私がスポーツ好きだったら、父ともっと話が弾んだと思います。運動音痴でスポーツも苦手な私は、話相手として、父にはもの足りなかったはずです。このときばかりは、ふだん無口な父が話す役目で、おしゃべりな私が聞き役でした。

それでも、散歩やマッサージでは、少しは役に立てたと思います。父の体調の良いときには、タオルを濡《ぬ》らして軽く絞り、電子レンジで温めてビニールの袋に入れて、温湿布を作りました。それを背中や肩に当てると、父は気持ちよさそうにしてくれました。

父の入院中、私は父が寝ているベッドの横に、椅子《いす》を置いて座っていました。眠っている父の姿を見ているうちに浅い眠りに落ち、いつの間にか夢をみていました。


夢の中で、私が目を覚ますと、父は洋服に着替えて、ベッドの横に立っています。

「お父さん、調子よくなったんだ」

「そうだよ。もう退院だよ」

「よかった」

と思ったところで、目が覚めました。横のベッドに目をやると、夢のなかでは元気そうな顔をしていた父が、まだ眠っていました。


父の入院中、私たち家族は父が元気になって家に帰ることしか考えていませんでした。真面目《まじめ》に治療をし、それが終われば元気になって、また家に帰ってくると信じていました。それが叶《かな》わないとは、誰も思っていませんでした。


この年は、病院で父の誕生日祝いをすることになりました。十二月二十六日の誕生日には、父、母、夫、息子、私と、家族五人全員がそろってお祝いをしました。この日は父の体調も良く、

「来月は結婚記念日だから、またお祝いできるように頑張ろうね」

と、皆で話をしました。

しかし、年が明けて平成九年の一月に入り、だんだん父の体調は悪くなりました。

その日は朝から、病院の花屋さんが開くのを待って、父と母の結婚記念日のために、父の好きな赤い薔薇《ばら》の花束を作ってもらいました。既に父の意識は遠のいていましたが、父と母と夫と私で、父母のお祝いをしました。

父は、母との約束どおり結婚記念日の一月二十六日まで頑張って、その日の夜、亡くなりました。父、六十九歳の冬でした。

大泉学園の今昔

父の日ごろの行動範囲は、家の近くの公園への散歩か、大泉学園駅周辺でした。駅の近くで父の行くところと言えば、まずは本屋に喫茶店に碁会所、そしてパチンコ屋。今は再開発されて、父が歩いた頃とは大きく様変わりし、碁会所のあったビルもなくなり、パチンコ屋も馴染《なじ》みの店は改装されました。

平成七年の十二月、母が胃癌《いがん》の手術で入院をしたときに、父が私の家に泊まりにきたことがあります。父母の家と私の家は、バス通りでほぼ一直線につながります。そのちょうど真ん中あたりに、大泉学園の駅があります。その日、私は父を車で迎えに行き、駅わきの踏切りで、電車が通過するのを待っていました。踏切り際《ぎわ》には、父がまだパチンコをしていた時分に通っていたパチンコ屋が、そのまま残っていました。

その頃、大泉学園の駅周辺は再開発事業によってきれいに整備されることになると、区の広報紙などで発表されていました。駅も周辺の街も、大きく変わる予定でした。

「お父さん、大泉学園もきれいになるんだって」

車の後部座席にすわる父に話しかけると、父は少しムッとしたような声で答えました。

「お父さんが生きているうちには出来ないから、関係ない」

母が入院中で、父もかなり疲れ気味だったので、機嫌が悪いのかと思い、

「そんなことないでしょう。そんなに早くいなくなるわけないよね。なに言ってるの」

と言い返したのですが、父は黙ったままでした。

今から思えば、この年は、五月の松本清張賞の選考会も七月の直木賞の選考会も、体調不良で欠席しています。引き受けたことには責任をもつ父でしたから、よほど体調が悪かったのだと思います。

その翌年、平成八年の三月に父は入院して、肝炎の治療につとめ、一時はかなり回復したのですが、九月には再入院となりました。

大泉学園の再開発が進み、新しい駅が完成したのは平成十五年。平成九年に父が亡《な》くなってから、すでに六年の歳月が過ぎていました。

父と母が調べものに通った大泉図書館には、地元ファンの働きかけで、平成十三年に「藤沢周平コーナー」ができました。かつて『暗殺の年輪』一冊だけで、その借り出し数を父に報告したこともある父の本は、今ではすべて揃《そろ》って、大きな書架にたくさん並んでいます。

父が亡くなって一人になった母は、父の一周忌を済ませると、母方の親戚《しんせき》の近くに引越しました。大泉学園の家は、しばらくは母方の叔父一家に住んでもらっていたのですが、やがて住む人のいなくなった家は、手放すことになりました。

父が最後まで住んだ家を手放すのは、とても寂しいことでした。しかし、その頃、鶴岡市に藤沢周平記念館をつくり仕事部屋も再現する計画が持ち上がりました。そのおかげで、父の思い出がつまった家は、解体されて鶴岡に運ばれ、今は大切に保管されています。

父が教えてくれたこと

最近、父の本を読み返しています。

父の小説のなかに、時々どうしようもない娘が登場して、とても自分と似通っていると感じることがあります。そんなとき、娘時分の私を父がどのように見ていたのかがよく分かるのです。小説には必然的に結末があるわけで、最後にはどうあるべきか、というヒントもそこには隠されています。

思い返してみると、父が私に何かを改まって教える、ということは殆《ほとん》どありませんでした。しかし、父の生き方そのものが、いまの私の手本になっているのです。

私は、父になんでも相談していました。私が成長するとともに、その機会は増えていったような気がします。たいてい父は聞き役でしたが、答えを求めたときには必ずきちんと応えてくれました。

どんなにくだらないことでも、親に話すには多少都合のわるいようなことでも、父は頭から否定することはありませんでした。それで、これを言ったら叱《しか》られるかもしれないと臆《おく》することはなく、いつでも、お父さんなら理解してくれるだろうという前提で話すことができました。

もちろん私に都合のよい答えばかりが返ってくるわけもなく、自分から相談をしておきながら、ふくれてしまう場合もありました。ときには意地になって自分の考えを押し通してしまって、あとで冷静になり、やはり父はさまざまな経験を積んだうえで話しているのだから、親の意見は聞いておくべきだったと反省したこともあります。父は中学校で教師をしていたこともあるので、子供の気持ちを理解する力はかなりのものだったと思います。

いまは私も一児の母になりましたが、理想の子育てはやはり父母が私にしてくれた躾《しつけ》です。子供が何かをしようとするときに、頭ごなしに反対するのではなく、とりあえずやらせてみて、助けが必要なときにすっと手を差し伸べる。親の立場からすると、何をするか分からない子供をじっと見守るのは、かなりの忍耐力がいります。しかし、父は私が幼い頃からずっと、そうして見守ってくれていたのです。そして、絶妙のタイミングで母が具体的なアドバイスをしてくれて、おかしな方向に向かいそうになる娘の軌道修正をするのでした。

ただ、当時の私は父母の考えをそこまで理解できず、何でも自分の意思で決めてきたように感じていました。実際は、いつも母が道筋をたて、そのうしろで父が見守ってくれていたからこそ安心して何でもできていたのだと、子供を持った今になってやっと気づきました。

失敗は誰でもするもの、失敗しない人間なんていない、問題は失敗したあとの対処の仕方にある、と父は考えていたようです。なにしろ、失恋した娘に「これもいい勉強になったと思って、あきらめろ」と言い切った親なのです。転んでもただでは起きない、そんな不屈の精神が、穏やかな父の内面にはあったのだと思います。

父から言われた言葉で、心に深く残っているものが、いくつもあります。

「普通が一番」「挨拶《あいさつ》は基本」「いつも謙虚に、感謝の気持ちを忘れない」「謝るときは、素直に非を認めて潔《いさぎよ》く謝る」「派手なことは嫌い、目立つことはしない」「自慢はしない」

そして、父の基本姿勢は、戦わずして勝つことにありました。父は、これが嫌だとか、これはいけないとか、相手を否定したり非難したりするようなことは言いません。代わりに、自分が駄目だと感じたことには、断ることで相手に理解してもらおうとしていました。そのへんが、父のカタムチョ（意固地・頑固）な性格なのだと思います。

父のことが語られるときに、「藤沢さんは物事にこだわらない性格」とよく言われます。しかし、娘の私から見ると、それは少し違います。

父は物事にこだわらないのではなく、普通でいること、平凡な生活を守ることにこだわっていたのです。普通の生活を続けることの大切さや、普通でいることの難しさを、私は父から教えられました。人を外見や持ち物（財産）などで判断することは間違っているということも学びました。偉そうに威張っている人のなかに本当に偉い人はいない、なぜなら、本当に偉い人は自分で威張らなくても周りが認めてくれるから、とも教えられました。

父の言う普通の生活とは、平凡に、家族が仲良く、病気や怪我《けが》をしないで健康で平和に暮らせるという、ただそれだけのことです。しかし、ただそれだけのことが難しいことを、父は身をもって知っていたのです。普通の生活を毎日続けていけることが本当の幸せであると娘の私に言いつづけたのは、結核で前途を閉ざされ、家族を病気で亡《な》くして、幸せが一瞬で崩れるという経験をした父だからこその言葉だったと、私は思っています。

「小説家になったのは、心のなかの鬱屈《うっくつ》を書かずにはいられなかったからだ」という意味のことを、父はエッセイで書いています。しかし、もう一つの理由もあったと、私が大人になってから聞かされました。家にいれば、いつも娘の成長を見ていられるから、家でできる仕事を選んだ、と父は言うのです。もちろん、母の絶大な協力があればこそ実現できたことです。

父の実家は農家です。子供の頃は野良《のら》仕事を手伝い、家族揃《そろ》ってご飯を食べ、兄弟揃って布団《ふとん》に入るという日々を当たり前のものとして育ったのです。ですから、父が小説家になった理由の一つが、家族とともに過ごす時間を確保するためというのもうなずけました。

父の小説は、ある時期から明るくなったと言われています。これには母の影響が大きいと、私は思っています。

母は、まじめな性格のなかにも、東京の下町育ちらしい面倒見のよさと気風《きっぷ》のよさを持ち、ユーモアあふれる駄洒落《だじゃれ》もよく言います。母が笑わせるようなことを言っても、父は「また、あほらし」と取り合いませんでした。しかし、明るくなったと言われた時期に書かれた小説を読むと、母の冗談をけっこう喜んで聞いていたのだなと気づかされます。

「あほらし」と言われても懲《こ》りずに母は駄洒落を繰り返し、父もそのうち駄洒落に点数をつけるようになりました。そんな母の性格が、毎日の生活を明るいものにし、自然に父の小説に明るさを与える結果になったのだと思います。

父が亡くなってから、母は時々、父の夢を見るそうです。夢のなかの父は、母に何か話しかけてくると言います。いまのところ私の夢に父は出てきてくれませんが、私もいつか父と夢で会えたらいいなと思いながら、普通に平凡に暮らしていける幸せを父に感謝しています。

父の魂が何処《どこ》にいるのか、私には分かりません。それでも私は自分に都合よく、私が話しかければ、父はいつでも何処からか応《こた》えてくれるような気がしているのです。

何かの問題にぶつかると、

「お父さんなら、どう考える？」

と、心のなかでの父との会話は、いまも続いています。

父と娘の橋ものがたり

父がこの作品を「週刊小説」に連載していたのは昭和五十一年（一九七六年）三月から翌年の昭和五十二年十二月までの一年十カ月でした。

父によると、この小説を書き始めるかどうかなかなか踏ん切りがつかなかったのだそうです。というのはそれまで、何篇かの短篇は書いていましたが、この『橋ものがたり』のような連載形式の小説を書いた事がなかったからでした。それにもまして、連作となると、短篇全てに共通するテーマが必要なので、その雑誌に一定期間拘束される事に抵抗感があったのでした。しかし、当時の担当編集者のNさんは辛抱強く父の返事を待っていて、父が書くと言うまで離れそうになかった、根負けしたと父は書いていました。

「橋の話でも書きましょうか」それがこの本の始まりでした。

橋というテーマも最初から考えていたわけではなく、Nさんと話しているうちに思い浮かんだのだそうです。それまでも父は四、五篇の市井物《しせい》を書いてはいましたが、本格的に書き始めたのはこの時が初めてでした。父にとっては出来、不出来を超えて愛着のある作品になったと思うと話していました。

この作品で、父は市井物のスタイルを確立できたそうです。

私が『橋ものがたり』をはじめて読んだのは、十代の終わりの頃でした。読んだ時にこの本は、人の人生を垣間見《かいま》たようなリアルな感覚で、私の心に入り込んできました。それまで、私が好んで読んでいた本は、星新一さんや眉村卓さんのようなSF小説で不思議な内容の作品でしたので、普通の人々の、何気ない日常の中に起こる出来事を描いた父の小説は、かえって衝撃的でした。その後、知人から「お父さんの本を読んでみようと思うんだけれど、何が一番面白い？」と聞かれると、迷わず『橋ものがたり』と答えるようになりました。

『橋ものがたり』の中の小説はどれも好きなものばかりです。何処《どこ》が好きかというと、やはり人と人とのふれあいや、相手を無条件で「信じる」と言えるその気持ちかもしれません。

「小ぬか雨」はこの本の中で、私が特に好きな作品です。

突然目の前に現れた見ず知らずの男の人を助ける気持ちになった裏には、その男の人の内面を瞬時に感じ取ったおすみがいると思いました。

その人が殺人犯だと次第に分かっていくのですが、人は立場によって、ある人にとっては良い人であっても、別の人にとっては悪人だったりと色々な面があると考えさせられました。

「晩《おそ》い時期に、不意に訪れた恋だったが、はじめから実るあてのない恋だったのだ。それがいま終ったのだった。そして仄暗《ほのぐら》い地面に、まぐろのように横たわって気を失っている勝蔵を、助け起こして家に帰れば、また前のような日々がはじまるのだ」

こんな経験をする人は殆《ほとん》どいないと思いますが、十代の終わりに読んだ時には気にも留めなかったこの一節が私自身四十歳を過ぎ、父がこの作品を手がけた年齢に近づいて、改めて読み直してみると実感として心に響いてくるのでした。

「前のような日々がはじまる」

父自身、淡々と一生を過ごした人でした。しかし、日々淡々と暮すのはいかに大変かという事も知っていました。

このような出会いではなくても、たとえば家族全員が健康でいなければ、毎日同じ生活を繰り返す事はできません。きっとおすみは何事もなかったかのように、勝蔵との暮らしに戻っていったのでしょう。

小ぬか雨が降るたびに新七の事を思い出しながら。

「小ぬか雨」はTVドラマにもなりました。昭和五十五年（一九八〇年）、連載開始から四年後の事でした。TBSの日曜時代劇で、おすみは吉永小百合さん、新七は三浦友和さんが演じていました。

この時の事はよく覚えています。というのはその頃私の家にはまだビデオデッキが無く、父の作品がドラマになると言うと、「見逃したら大変！」と父と母と私の三人がそろってテレビの置いてある茶の間に集まって、テレビに向かって正座をして見た覚えがあるからです。

母が父のお茶を用意して座ると、父は何となく照れくさそうにしていました。普段無口な父はますます無口になり、父が何も話さないので、母も私も黙って食い入るようにテレビ画面を見つめていました。

ドラマの内容は月日と共に薄らいで行き、いつかこのドラマをもう一度見たいと思っていました。父が亡《な》くなって七年後に、そのチャンスは突然やって来たのでした。

二十四年の時を経てケーブルテレビで、再放送されたのです。改めて見た、ドラマ「小ぬか雨」は私の記憶と多少のずれはありましたが、当時の父と過ごした記憶を呼び起こしてくれました。それからも『橋ものがたり』は舞台にもなり、たくさんの方々の目に触れる作品となっていったのでした。

父と私が過ごした街には、川が流れ、そこには橋がありました。

私の中の一番古い記憶の中の橋は、東京都清瀬市の都営住宅の側《そば》にある橋でした。柳瀬《やなせ》川《がわ》の上に架かるその橋は清瀬橋と言い、私は幼稚園の登園時には、必ずその橋を幼稚園バスに揺られて通りました。

この橋の向こう側には七竹《しちく》さんという町医者がありました。家からは歩いて二十分位の所で、父はここへ何度も幼い私を背負って連れて行きました。

ある日、父が仕事から帰って来ると、私が熱を出してふうふうと赤い顔をしていました。父はあわてて私を七竹さんに連れて行きました。父の背中から、その時の父のあわてぶりが伝わって来ました。

周りの景色や道が雪で真っ白な中、黙々と歩く父を、今もうっすらと遠い記憶の中に覚えています。

風邪を引いた時や、魚の骨が喉《のど》に刺さって取ってもらいに行ったりと、清瀬橋は父と私にとっては、いつも大騒ぎで渡った橋でした。

清瀬から東久留米に引越してからは、駅から家までの間に黒目川が横断していて、二つの橋が架かっていました。

一つは大きくて立派な門前大橋。そしてもう一つは普段良く歩いた小さな平和橋。門前大橋から平和橋までの河原には、当時はシロツメクサがたくさん生えていて、父との散歩コースの一つでもありました。父が河原に座り一休みをしている傍らで、私はシロツメクサを編んで、ネックレスを作ったりして遊ぶのが常でした。

そこには四十代の父とまだ小学生の私がいました。

門前大橋の横には空き地があり、夏には盆踊りが開かれました。父に促されて、やぐらに上がり踊る私を、父はいつも下から嬉《うれ》しそうに見上げているのでした。

東久留米に引越して来た頃、父はまだ会社勤めをしていたので、毎日平和橋を渡り、駅までの道のりを通っていました。

それから四年が過ぎ、会社を退職した父にとってのこの橋は、通勤から散歩する橋に変わったのでした。時々は私を連れて駅前の喫茶店へ行くこともありました。

父が喫茶店へ行く時は、大体は小説の構想を考えたり、なかなか決まらない題名を考えたりする時でした。そんな父の苦労も知らずに、私は父と一緒に出かけられるのを嬉しく思っていました。

おそらくこの頃から『橋ものがたり』を書き始めたのだと思います。

それからしばらくして、私達はまた引越しをする事になりました。今度の家は大泉学園でした。やはり、家から駅までの間に白子川が流れ、途中には大泉学園橋が架かっていました。

この橋は数え切れない程、渡りました。

父は終《つい》の棲家《すみか》となったこの大泉学園の家で二十一年間過ごしました。この頃になると、娘の私は、友達との付き合いに忙しく、父と一緒に散歩することはめったに無くなりました。

その代り、父と母は何処へ行くにも一緒に行動するようになりました。

駅までの散歩や病院通い、そして時には展覧会を見たり、音楽会を聴きに行ったりと、いつも二人で出かけていて、娘心に「うちの両親は仲が良い」と思ったものでした。

大泉学園橋を通るバス通りは桜並木で、春になると桜の花が満開になりました。風の吹く日は桜吹雪が舞うほどで、とても綺麗《きれい》でした。

父は時々、新大久保にあるマッサージに通っていて、車での送り迎えは私の役目でした。目白通りを都心へ向かう道筋には比丘尼《びくに》橋がありました。「お父さん、比丘尼橋って変わった名前だね」と言う私に「比丘尼っていうのは江戸時代にいた尼僧のことだよ」と教えてくれました。

父の故郷の山形県鶴岡市高坂へ行く時には、金峰山《きんぽうざん》へ向かいまっすぐに通った道があり、両側にある畑に目を奪われていると、右側に突然大きな一本の杉の木が現れます。それが高坂へ入る目印でした。その一本杉を曲がると直《す》ぐに青龍寺川《しょうりゅうじがわ》が流れています。そこに架かる小さな橋を渡れば、直ぐに父の生まれ育った高坂にたどりつきます。

この青龍寺川は、田んぼへ水を運ぶ農業用水路としての役割もはたしていたそうで、この川の周りは鶴岡の田んぼが広がっていました。今は川の両側がコンクリートで固められ、父の育った頃とは大分様子が変わってしまって、泳ぐ事はできないとのことですが、父の時代にはこの川でよく遊んだそうです。

父はエッセイ集『小説の周辺』に、青龍寺川で近所の子供と何処まで泳げるか競争をしている最中に、「アップアップ」と溺《おぼ》れて上級生に助けられた話を、懐かしい思い出として語っています。故郷に行くと、父はその橋の上でいつも立ち止まり、川の流れをしばらく眺めているのでした。

父にとって、この橋が一番思い出深い橋だったに違いありません。

こうして思い返して見ると、私達家族の生活の中にはたくさんの橋がありました。

そして、その橋を渡り、いくつもの出会いと別れを経験し、日々淡々と平凡に暮していったのでした。

父が亡くなってから早いもので、十年の月日が経ちました。父は私に大切な物を残してくれました。それは家族の絆《きずな》です。

父が大きな架け橋となり、今も私達の心の中に生き続けています。

（二〇〇七年二月実業之日本社刊『橋ものがたり 新装版』より）

あとがき

父が亡《な》くなって、あっという間に十年が経《た》ちました。

歳月は、父の不在という痛みを、少しずつ和らげてくれました。しかし、父への想いは、日々ますます深くなっているのです。やはり、父がもう少し長生きしてくれていたら、と思う気持ちに変わりはありません。

このエッセイのお話をいただいたのは、父が亡くなって暫《しば》くしてからのことでした。それから何年間も筆が進まずにいましたが、『藤沢周平　父の周辺』（文藝春秋刊）につづいて、このような機会をいただいたことで、よりいっそう父のことを考えることができました。そして、亡くなってからも、私たち家族と父との距離は全く変わっていないことにも気づきました。むしろ今は、生前よりも深く父と関わっているような気がします。

「普通が一番」「感謝の気持ちと謙虚な心を忘れない」という言葉どおり、派手なこと、目立つことを嫌い、人生を淡々と生き、生涯を全うした父でした。

私は、そんな父の姿を見て育ちました。これからも、父の教えを心に留めて、父が生きていたときと同様、平凡でも、明るく、楽しく、家族仲良く暮らして行きたいと思います。

この本を書くにあたっては、父の担当をしていただいていた新潮社の栗原正哉さんに、親子二代で、お世話になりました。

「お父さんは、まったくと言っていいほど、編集者を困らせることがなかった」と、栗原さんは仰《おつしや》いましたが、父が迷惑をかけなかった分、娘の私が迷惑のかけっぱなしでした。それでも、嫌な顔ひとつされずに、なんとか書き続けられるようにご指導いただいたことは本当に感謝しています。

そして両親には、育ててくれてありがとうございましたと心から伝え、この本のあとがきとさせていただきます。

（二〇〇七年一月）

解説

児玉清

作家の隠された側面を探る。または作家の知られざる心情を知る。などなど、作家の作品の裏にある顔、作者の本当の素顔を知ることは実に興味深いものがある。それも大好きな作家となると、さらに興味が倍加する。作家、藤沢周平は僕にとって大の上に大のつく好きな作家とあって、その人柄、素顔、さらには作家としてどんな暮しをしていたのか実に興味と関心があった。

そんな気持がものの見事に満たされ、しかも清々《すがすが》しく爽《さわ》やかな深い感動とともに心に届いたのが、本書『父・藤沢周平との暮し』であった。

この本の書き手は、藤沢周平さんの一人娘の展子《のぶこ》さん。藤沢さんの愛娘の展子さんが、自分の生い立ちと父との想い出を綴《つづ》った本書は、淡々とした静かな語り口の文章で読みやすく、自然の形で実に無理なくスムーズにすうっと読む者の胸にしみこんできて心を潤《うるお》す。DNAという言葉は使いたくないが、カエルの子はやはりカエルというべきか、文章の巧みさに最初から唸《うな》ってしまったが、読み進むほどに、その静かさの中から次第次第に父、藤沢さんへの熱き熱き思慕の念と愛情がマグマのように噴き上ってくる感じで、やがて読む者の胸をも熱く溶かすこととなる。と同時に、当然のことながら、父である藤沢さんの展子さんへの深い慈《いつく》しみの情といったものが読者の心にもびしびしと伝わってくる。さらに展子さんの筆を通じて、作家として、また人間としての藤沢さんの生き方の見事さが顕《あらわ》になる。筆者の展子さんは、自身と父との暮しを重ね合わせて語ることによって、作家藤沢周平の知られざる心の核心を鮮やかなまでに詳《つまび》らかにしてくれる。

　本来、作家と作品とは分けて考えるべきことはもちろんだが、その作家の私生活を知ることや、たまさか映像に露出した際に、著しく作品のイメージと違うことに妙な違和感を覚えたりすることがある。するとなんとも奇妙なことに、それまで深く傾倒していた作品までもが俄《にわか》に輝きを失い味気ないものになってしまったりする。藤沢周平作品と作家の藤沢さんとの間には、これまでそのような違和感といったものを全然感じなかったのだが、本書を読むことによって、藤沢さんという作家の人となりが作品と実に分かち難く密接に結びついていることを慄然《りつぜん》と襟を正す思いで知ることとなった。言葉を替えれば、藤沢作品のすべては、作家藤沢周平の普段の生活の信条に基づいていることに改めて確信を持ったと言うべきか。そんなの当り前さ、と言うなかれ、当り前のことを当り前に実行することが凄《すご》いのだから。

「父は、普通でいること、平凡な生活を守ることにこだわっていたのです。」（本文より）藤沢さんの口ぐせのようであった「普通であれ!!」これを守ることが実はいかに難しいことであるか、大変なことであるか。それは、まさに日々、心の戦いを強いられることだ。見栄を張るな。自分を大きく見せようとするな。自慢するな。絶えず謙虚であれ。ひかえ目であれ。藤沢さんが終始父として娘の展子さんに言い聞かせていたことを本書で知り、そのあまりの正しさに僕は暫《しば》しの間、息を飲んだものだ。また、失敗をするのが人間だ。だが、失敗から大切なことを学びなさい。だから失敗を恐れるな。さらに家庭での躾《しつ》けの問題。勉強と学校に対する考え方。どれを取っても、その一《ひと》つ一《ひと》つが藤沢作品と同じく人生にインパクトをもたらす箴言《しんげん》となっている。

ここで腹の底からわかり心が震えたのは、作家藤沢周平と作品の主人公たちは互いに心をわかち合っていたということであり、作家の心イコール作品の主人公たちの心であり、その上に、さらに凄いのは、作家の日常の生活信条そのものが、描かれた作品の主人公たちの生き方と共通しているということだった。展子さんの記述によって明らかにされた父である作家藤沢周平の真の姿に、この作家に偽りは無い。僭越《せんえつ》な言い方になってしまうが、本物である、と。僕は心底感嘆した。

こうした父との暮しの中ですくすくと育った展子さんが長じて結婚の相手に選んだのが遠藤正さん。「夫は父と同じ血液型のB型で、身長も体型も父と似たようなものでした。そうした外見よりも何よりも、父と性格が似ていると思ったのです。今でも、父と似ているところがあるなと思うのですが、それは知り合った頃とは少し違って、歳《とし》を重ねるにしたがって、カタムチョ（庄内方言で、意固地・頑固）なところが似てきたようです。」（本文より）

なんと結婚相手は藤沢さんと血液型も同じならば体型も似ている上にカタムチョの性格まで似ていたとは。読んでいて、なんともいえない温いものがジンと胸に伝わってきたのもこのときだ。なんとまぁ～カタムチョは藤沢一家のキーワードだ。

展子さんによって次々と詳らかにされる父との暮し、そこからうかがわれる作家、藤沢周平の父としての姿は実に微笑《ほほえ》ましい。しかもそこには行き届いた心、先を見通す洞察力を含め、決して猫可愛がりをしていたのではない大人の智恵が満ち溢れていて、折にふれ心を打たれる。教育とは、躾けとは、かくあるべきか、と何度もうなずくことになる。すべては自然が一番という言葉が凄い説得力を持つ。

展子さんは昭和三十八年の生れ。生後八ヶ月にして生母を亡《な》くした彼女を、会社勤めをしながら、男手ひとつで子育てに奮闘した父、藤沢さん。育ての母を迎えてからの、伸びやかな藤沢一家の団欒《だんらん》の日々。そこに一貫して流れているのは藤沢さんのカタムチョの性格と優しさと細やかな心配《くば》り。子守唄《うた》にレイ・チャールズを歌って聞かせる藤沢さん。保育園へ娘を預けて会社勤めをする父親としての戸惑いと苦悩といったものも展子さんによって鮮やかに浮き彫りにされるが、いずれも深い智恵が感じられ心が豊かになる。家族をしっかりと守っていた男、藤沢さんの逞《たくま》しさと男らしさが清々しい。

そして展子さんが十歳を迎えたとき、藤沢さんは「暗殺の年輪」で直木賞を受賞することとなった。四度目の正直とかで、御当人は今回もダメだと思っていたというのも今となっては面白ニュースだが、それはさておき、この翌年の昭和四十九年十月二十五日に、藤沢さんは十五年間勤めた日本食品経済社を退社して、二足の草鞋《わらじ》を脱ぎいよいよ作家として一本立ちしたのだった。

その決意を固めたのは、育ての母の影響だったと書く展子さん。母の内助の功が、作家藤沢周平としての船出にいかに大事であったか。結婚前、事務仕事をしていたから、夫の大事には自分が働く覚悟であり、幸いそういう事態にならずにすんだのだが、その母の事務能力は父の秘書として発揮されることになった、という。夫婦二人が家族が一丸となって作家を職業として世の荒波に乗り出す姿、幸せな心温まる一家がなんとも羨《うらや》ましくさえ思える。さらに藤沢さんがいかに心の行き届いた人であるか、優しい気配りを持つ人であったかが心にしみるのは次の一節だ。「それから毎日、父が家にいる生活が始まりました。まだ小学生だった私への影響を考えて、父は朝は必ず私より先に起きて、一緒に朝食をとりました。私は学校へ行き、授業を終えて家に帰ると、父が家にいます。それがいつの間にか、私にとっては普通の生活となり、馴染《なじ》んでいったのでした。通勤がないだけで、父は毎日、二階の仕事部屋でコツコツと仕事をしていました。」（本文より）

読んでいて、急に涙が溢れそうになった僕の大好きな一節。なんと平和で満ち足りた家族であろうか。父と母の共同作業、父は二階の仕事場で次々と作品を生み出していく、その傍《かたわら》で、愛《いと》しい娘のためにどんなに執筆活動で疲れていても、キチンと娘よりも早く起きて朝食を家族揃《そろ》ってとる。藤沢さんの日頃説く、普通の生活、まっとうな生活が眩《まぶ》しいほどに見えてくる。凄いなと感嘆すれば、当り前のことでしょ、と笑われてしまうかもしれないが、この一節で藤沢家の基本的な家族の在り方が痛いほど心に響く。

直木賞受賞後三年経った昭和五十一年、この年はまさに作家としてフル回転の一年。

書いた原稿の枚数は二千三百枚。展子さんは「改めて、職人・藤沢周平だった父を実感します。家事一切に加えて、原稿を編集の人に渡すまえに、すべてチェックしていた母も大変だったろうと思いました。」（本文より）

見事な二人三脚振りと、父と母を讃える筆者展子さんの幸福感が、羨ましさと重なって僕の心に焼き付いたところだ。作家として世に出て、作家として暮す。つまり作家として食べていく。作家として一家を養っていく。このことがいかに容易ならざることか、大変に難しいことであるかは誰もが想像できる。すべて自分の脳が頼り、なにしろ無から有を生み出す仕事だ。孤独な闘いであり、徒手空拳《としゅくうけん》で生きていく世界だ。誰も恨むことはできない。他人のせいにすることもできない。すべては自分の力次第なのだ。いかに不退転の決意がいるか、それは実際に作家を職業としてみなければわからないことだろうが、家族の力が作家、藤沢周平の勇気をいかに鼓舞したかが諄々《じゅんじゅん》と伝わってくる。

さりげなく綴られた、父との暮しの中には人生へのあらゆる示唆《しさ》がこめられていて、藤沢さんのファンはもちろんのことだが、藤沢作品に今まで馴染みのなかった人たちも本書から沢山の宝物を貰うことができる。経済大国という、世界で有数の金持ち国になりながら、格差社会が広がり、庶民の間で幸福感がどんどんと薄まり、精神は荒廃し、親殺し、夫殺し、妻殺し、子殺しが蔓延し、関係ない人間をも八ツ当り的に殺してしまう殺伐とした現代社会。普通の暮し、つつましやかな暮しがいかに幸せか。人間としての思いやりの大切さ。家族を思う心の大事。心の豊かさはどこからくるのか。そうしたことをそっと明るく教えてくれるのが本書だ。人生の智恵の一杯詰った『父・藤沢周平との暮し』は爽やかな一陣の風にも似て、読者の心をこよなく浄化してくれるばかりか、大きな勇気を与えてくれる素敵な人生読本なのだ。

（二〇〇九年八月、俳優）

左記の既発表原稿と重なる部分が一部あります。
「父の訓え」
　２００４年２月号「本の話」文藝春秋
「父、藤沢周平が教えてくれたこと」
　２００５年１月『朗読　藤沢周平名作選』別冊解説書　ソニー・ミュージックダイレクト
「父のぬくもりを感じながら」
　２００５年９月『「蟬しぐれ」と藤沢周平の世界』文藝春秋

また、左記は再録です。

「父と娘の橋ものがたり」

　２００７年２月『橋ものがたり　新装版』実業之日本社

この作品は平成十九年一月新潮社より刊行された。

藤沢周平著
用心棒日月抄
故あって人を斬り脱藩、刺客に追われながらの用心棒稼業。が、巷間を騒がす赤穂浪人の動きが又八郎の請負う仕事にも深い影を……。

藤沢周平著
竹光始末
糊口をしのぐために刀を売り、竹光を腰に仕官の条件である上意討へと向う豪気な男。表題作の他、武士の宿命を描いた傑作小説5編。

藤沢周平著
時雨のあと
兄の立ち直りを心の支えに苦界に身を沈める妹みゆき。表題作の他、江戸の市井に咲く小哀話を、織麗に人情味豊かに描く傑作短編集。

藤沢周平著
冤（えんざい）罪
勘定方相良彦兵衛は、藩金横領の罪で詰め腹を切らされ、その日から娘の明乃も失踪した……。表題作はじめ、士道小説9編を収録。

藤沢周平著
橋ものがたり
様々な人間が日毎行き交う江戸の橋を舞台に演じられる、出会いと別れ。男女の喜怒哀楽の表情を瑞々しい筆致に描く傑作時代小説。

藤沢周平著
神隠し
失踪した内儀が、三日後不意に戻った、一層凄艶さを増して……。女の魔性を描いた表題作をはじめ江戸庶民の哀歓を映す珠玉短編集。

藤沢周平著 消えた女 ―彫師伊之助捕物覚え―

親分の娘おようの行方をさぐる元岡っ引の前で次々と起る怪事件。その裏には材木商と役人の黒いつながりが……。シリーズ第一作。

藤沢周平著 春秋山伏記

羽黒山からやって来た若き山伏と村人とのユーモラスでエロティックな交流――荘内地方に伝わる風習を小説化した異色の時代長編。

藤沢周平著 時雨みち

捨てた女を妓楼に訪ねる男の肩に、時雨が降りかかる……。表題作ほか、人生のやるせなさを端正な文体で綴った傑作時代小説集。

藤沢周平著 孤剣 用心棒日月抄

お家の大事と密命を帯び、再び藩を出奔――用心棒稼業で身を養い、江戸の町を駆ける青江又八郎を次々襲う怪事件。シリーズ第二作。

藤沢周平著 驟《はし》り雨

激しい雨の中、八幡さまの軒下に潜む盗っ人の前で繰り広げられる人間模様――。表題作ほか、江戸に生きる人々の哀歓を描く短編集。

藤沢周平著 密謀（上・下）

天下分け目の関ケ原決戦に、三成と密約がありながら上杉勢が参戦しなかったのはなぜか？ 歴史の謎を解明する話題の戦国ドラマ。

藤沢周平著　闇の穴

ゆらめく女の心を円熟の筆に描いた表題作。ほかに「木綿触れ」「閉ざされた口」「夜が軋む」等、時代小説短編の絶品7編を収録。

藤沢周平著　漆黒の霧の中で
―彫師伊之助捕物覚え―

竪川に上った不審な水死体の素姓を洗う伊之助の前に立ちふさがる第二、第三の殺人……。絶妙の大江戸ハードボイルド第二作！

藤沢周平著　刺客
用心棒日月抄

藩士の非違をさぐる陰の組織を抹殺するために放たれた刺客たちと対決する好漢青江又八郎。著者の代表作《用心棒シリーズ》第三作。

藤沢周平著　霜の朝

覇を競った紀ノ国屋文左衛門の没落は、勝ち残った奈良茂の心に空洞をあけた……。表題作ほか、江戸町人の愛と孤独を綴る傑作集。

藤沢周平著　龍を見た男

天に駆けのぼる龍の火柱のおかげで、あやうく遭難を免れた漁師の因縁……。無名の男女の仕合せを描く傑作時代小説9編。

藤沢周平著　ささやく河
―彫師伊之助捕物覚え―

島帰りの男が刺殺され、二十五年前の迷宮入り強盗事件を洗い直す伊之助。意外な犯人と哀切極まりないその動機――シリーズ第三作。

父《ちち》・藤《ふじ》沢《さわ》周平《しゅうへい》との暮《くら》し

新潮文庫　ふ - 11 - 71

平成二十一年十月一日　発行
平成二十八年六月十日　四刷

著者　遠《えん》藤《どう》展《のぶ》子《こ》

発行者　佐藤隆信

発行所　株式会社 新潮社

郵便番号　一六二—八七一一
東京都新宿区矢来町七一
電話　編集部(〇三)三二六六—五四四〇
　　　読者係(〇三)三二六六—五一一一
http://www.shinchosha.co.jp

価格はカバーに表示してあります。

乱丁・落丁本は、ご面倒ですが小社読者係宛ご送付ください。送料小社負担にてお取替えいたします。

印刷・錦明印刷株式会社　製本・錦明印刷株式会社

ISBN978-4-10-128681-5 C0195